Pluma

De

Sangre

El Despertar

El renacimiento temporal

By

RWK Clark

Publicado en los Estados Unidos por Clarkltd.

Po Box 45313 Rio Rancho, NM 87174

info@clarkltd.com

Primera Edición

Oficina de Derechos de Autor de los Estados Unidos

TX8-283-220 Junio 2016

Número de control de la Biblioteca del Congreso: 2017907156

Números de Libro Estándar Internacional

ISBN-10: 1948312999

ISBN-13: 978-1948312998

ASIN: B076VVSD5N

/180103

DEDICATORIAS

Dedico esta novela a mis lectores maravillosos y para todas las personas increíbles que he conocido y los que no tengo. A mi familia y seres queridos, todo su apoyo no será olvidado.

Gracias

PRÓLOGO

Hace 2.6 millones de años.

El cielo estaba oscureciendo y la luna estaba roja. La selva estaba misteriosamente silenciosa; nada se movía. Más bien, cada animal miraba al cielo, congelado en su lugar, con miedo en sus ojos.

A lo lejos, muy lejos, en medio de las estrellas, Se contempla un rayo de luz. Se acercaba cada vez más.

El pájaro madre centró su atención a un gran arbusto ubicado a unos cinco pies de ella. Bajo el monte, escondido de la vista, estaba su nido, que tenía tres huevos: sus crías. Estaba destinada a tener solo tres en su ciclo de vida, como lo hicieron sus antepasados. Su única misión era asegurar su supervivencia, y en este momento todo lo que sabía era que la luz que se extendía hacia la Tierra a través del cielo amenazaba esa misión. Miró hacia arriba una vez más antes de saltar hacia el arbusto. Sus instintos comenzaron a decirle qué hacer.

Sus huevos eran grandes, de unas ocho pulgadas de diámetro, Y eran hermosos, casi holográficos, De todos azules, rojos, amarillos y verdes. No podía cargarlos todos a la vez, así que agarró el borde de su enorme nido con su afilado pico y comenzó a sacarlo de debajo del arbusto. Había un árbol con un punto hueco en su base. Sus instintos le decían que llevara sus huevos a ese agujero; allí estarían a salvo.

Mientras arrastraba su nido a través del suelo de la selva, la luz del cielo se acercaba cada vez más, y ahora emitía un fuerte aullido. Continuó arrastrando su nido, luchando con su peso, hacia el agujero en la base del árbol. Los otros animales que ocupaban la selva empezaban a entrar en pánico. Huyeron del peligro hacia Donde pensaban que estarían seguros, pero el pájaro sabía que nada iba a salvarlos. Todo lo que podía hacer era tratar de proteger a sus crías.

Llegó al agujero y volvió a mirar el cielo. Ahora la luz era gigantesca, y el ruido que emitía era ensordecedor. Llegaría a ellos en cualquier momento. Ella agarró el más grande de sus huevos con dos apéndices de apariencia similar a manos, que crecieron de sus alas, permitiéndole conseguir un apretón firme en lo que ella elija. En este momento ella eligió sus huevos. Estaba empezando a entrar en pánico, y arrojó su huevo en el agujero oscuro del árbol y volvió su atención a los dos restantes. El huevo rebotó ligeramente en la oscuridad y se asentó en un gran charco de savia amarillenta y gruesa que se había acumulado ahí. Se hundió en el charco hasta que finalmente quedó sumergido.

Alcanzó el segundo huevo, pero el brillo en el cielo la cegó, y el sonido la aturdió. Se tropezó un poco, luego cayó encima del nido y los huevos dentro de él. Empezó a temblar violentamente, e incluso sus instintos se aislaron en ese momento.

El gran asteroide irrumpió en la atmósfera de la Tierra entonces, y Lo ensombreció todo con su tamaño y sonido. Todos los animales y dinosaurios se congelaron de pánico, preparándose para su perdición. El asteroide golpeó con tal fuerza que vaporizó todo en su camino, de los animales a los árboles, e hirvió las aguas que una vez habían cuidado de la vida que las rodeaba.

Pero el huevo en la savia permaneció intacto, y el tiempo pasó mientras la naturaleza tomaba su curso...

Hace cuatro años, Perú

Al principio los temblores eran tan leves que un humano apenas lo habría notado, pero no permanecieron de esta forma.

Sin embargo, la fauna de esa remota zona del Amazonas lo sentía. No solo lo sentían, sabían que algo más estaba por venir, y comenzaron a luchar en un esfuerzo por salvar sus propias vidas. El suelo bajo sus pies empezó a temblar violentamente, y en muchas áreas incluso se partió y los tragó enteros.

En una pequeña cueva en el lado de un acantilado a lo largo del río había un arroyo, que comenzó a burbujear mientras la roca y el agua temblaban. De repente, un objeto envuelto en una sustancia dura surgió del agua. Cuando el suelo empezó a temblar con más insistencia y determinación, este rebotó contra la tierra y la roca de la cueva. Repentinamente rodaba por el suelo de la cueva sin control ni razón, rodaba con torpeza hasta que golpeó con fuerza la pared de la cueva. La sustancia en la que estaba cubierto había sido suavizada por las aguas que lo sostenían, y ahora se rompía como en muchos cristales, cayendo lejos del tesoro interior.

Era un huevo grande, con un patrón multicolor que tenía una apariencia casi tridimensional.

Los temblores se hicieron aún más violentos, y el huevo rodó y rebotó sin rumbo hasta que finalmente bajó una ligera pendiente y salió de la cueva por completo. Siguió guiándose por el temblor, tomando lo que parecía ser un camino predeterminado a ninguna parte. El sol lo golpeó, y los colores de la cáscara del huevo brillaban sin cesar.

De repente, los temblores se detuvieron. Los animales que vivían en la selva eran estridentes y ruidosos, no había sino caos. Pero el huevo se asentó en un surco en la tierra, camuflado con su apariencia. Parecía sencillamente una roca rara y hermosa.

Se instaló en su nuevo hogar y el sol se posaba sobre él, calentando bastante su superficie, prometiendo traer a la vida a la criatura que llevaba dentro.

CAPÍTULO 1

Actualmente

Sam Daniels se sentó al lado del pasajero del coche en silencio, limpiando el lente de su cámara y preparándola para toda la belleza que estaría captando. Era su tercer viaje a esta parte de las selvas del Amazonas, y debido a que estaba familiarizado con la vida silvestre y la vegetación, estaba entusiasmado con las fotos que iba a tomar. Su conductor, Rico, conducía el coche, que brincaba a medida que se adentraban más y más profundamente en la selva. Fumaba un cigarro apestoso mientras luchaba con el vehículo para mantenerlo en el camino.

"Agh, Rico", gritó Sam, "¿por qué tienes que caer en ese hábito tan desagradable?". Sacudió el humo de su cara y sacudió la cabeza.

Rico lo miró y se rió. "¿Por qué te preocupas por lo que hago?", preguntó. Tú preocúpate por las fotos. Yo me preocupo por mí.

Sam había tenido a Rico como su conductor desde su primer viaje a la selva, y los dos hombres se llevaban bien. Formaron un sólido vínculo durante su primer viaje cuando Sam cayó en un sumidero y Rico lo rescató. Desde ese día los dos hombres habían tenido una sólida relación de amistad, que a su vez trajo una buena relación de trabajo.

El coche siguió rebotando por el camino mientras Sam terminaba de ocuparse de su equipo de cámara. Lo dejó en su regazo y tomó un trago largo de su botella de agua mientras miraba a su alrededor las plantas de color verde esmeralda que estaban pasando. Le encantaba venir aquí, y ansiaba este lugar mucho más que todos los demás lugares que había fotografiado.

Los dos primeros viajes que Sam tomó eran bastante básicos. Había llegado la primera vez solo para fotografiar la tierra. Había obtenido fotos increíbles de la vida vegetal y el paisaje, y había terminado vendiéndolos a Planet Geographic, lo cual fue innovador para él. Su segunda aventura en las selvas había implicado fotografiar a los pueblos locales y las aldeas en las que vivían; esas fotos habían sido compradas por la Revista Mundial. Mientras disfrutaba inmensamente de ambos viajes, ninguno de ellos había cumplido su verdadero deseo: fotografiar la impresionante vida silvestre.

Ahora estaba de regreso para hacer precisamente eso, y dejar los trabajos que no le interesaban. Le encantaban los animales y, como finalmente había conseguido llamar la atención de un par de periódicos más prolíficos en la prensa, estaba seguro de que podía asombrar e impresionar con las fotos que planeaba tomar.

Durante sus veintiocho años, Sam había querido hacer solo una cosa: tomar fotos. Tuvo sus incios a los nueve años con una cámara de cine que Su abuela le regaló. Ella también fue fotógrafa, y fue ella quién despertó en él interés por este arte. Había usado esa cámara durante cinco años, hasta que le dieron una nueva, cuando su abuela le regaló una para su decimotercer cumpleaños. Era una DSLR, considerada en ese momento una marca de primera línea. Aunque no era un grado profesional, tenía las características del modo manual y para Sam esto era lo más importante.

Mientras otros niños trepaban los árboles, construían fuertes y buscaban a las chicas, él estaba fotografiando cualquier cosa que pudiera posar o estarse quieta, y las que no estuvieran quietas también. Solo mostraba sus fotos a su abuela, sobre todo porque era la única que estaba interesada en ellas. Sus padres tenían ambos carreras profesionales que ocupaban casi todo su tiempo y casi nunca los veía, mucho menos compartía sus intereses. No tenían tiempo para cosas que consideraban "trivialidades".

Así que Sam compartiría sus fotos con su abuela, y ella le daba recomendaciones y consejos sobre cómo ser aún mejor. Tomó todo lo que dijo y lo aplicó. Atesoraba su relación con ella por encima de todas las demás, y cuando se trataba de la fotografía él la consideraba una deidad.

Cuando cumplió los catorce años había empezado a ayudarlo a contribuir con su trabajo a varias revistas. Si tenía fotos de los animales cercanos a su hogar, o de los animales que vivían en los bosques que rodeaban a su vecindario, las llevaba a la revista Ranger. Si fotografiaba plantas o flores llevaba las fotos a periódicos de la naturaleza que se centraban en esos temas, y sus fotos se vendían bastante bien para su edad.

Pero cuando Sam cumplió diecisiete años, su abuela sufrió un derrame cerebral. Perdió toda la funcionalidad en el lado derecho de su cuerpo, y ya no podía hablar. Sus padres la pusieron en un centro de enfermería local, y todos los días después de la escuela Sam la visitaba y le mostraba sus fotos más recientes. Ya no podía darle consejos, y los médicos y las enfermeras le dijeron que ni siquiera creían que ella sabía lo que estaba mirando, pero Sam podía sentir que lo hacía, así que persistió.

Sabía por la forma en que sus ojos se iluminaban, que ella sabía exactamente lo que estaba pasando.

Ella falleció apenas después de su décimo octavo cumpleaños, y fue una de las experiencias más dolorosas de la vida de Sam. Había tenido la tentación de dejar su cámara lejos para siempre; no creía que pudiera disfrutar de la fotografía si no podía compartirla con ella. Ignoró su cámara durante dos semanas y parecía que estaba muriendo por dentro. Finalmente, decidió que seguiría adelante, y lo haría por su abuela, en honor a su relación. Fue a California y estudió fotografía en la Escuela de Fotografía de la Academia de Arte de la Universidad de San Francisco, y resultó ser la mejor decisión que habría tomado.

∞

Ahora brincaba en el SUV, abriendo los caminos de tierra de la Amazonia con Rico y su maloliente cigarro, y sonreía ensimismado. Nunca habría estado completo si hubiera abandonado la fotografía. Sam sabía que estaba haciendo exactamente lo que siempre quiso hacer. Dejaría de tomar fotografías cuando sacaran la cámara de sus manos frías y muertas.

Rico ralentizó el vehículo y lo condujo al lado de la carretera, sacándolo del camino principal para permitir que otros pasaran. Se volvió hacia Sam y tomó un largo tirón de su cigarro y sopló el humo en la cara de Sam. Sam tosió de una forma exagerada y se tapó la boca, lo que llevó una sonrisa a la cara de Rico.

"¿Estás listo?", le preguntó a Sam. "Podemos ir a pie desde aquí".

Sam asintió con la cabeza y colgó su cámara réflex digital ahora de calidad profesional en su cuello. Entonces revisó dos veces su bolsa para asegurarse de que tenía todo lo que necesitaba: protección contra la lluvia, baterías adicionales, un par de tarjetas de memoria de reserva, su trípode, llaves hexagonales, su herramienta de bolsillo, y binoculares. Tenía un mapa de la zona que estaban visitando, pero Rico estaba a cargo de guiarlo. También se aseguró de que tenía toallitas limpiadoras de lentes; las había olvidado durante su primer viaje, y había sido una lección difícil de aprender. Por último, cavó profundamente hasta que localizó su lámpara de cabeza, y se aseguró de que tenía un montón de agua y aperitivos para comer.

Los dos hombres salieron del SUV y lo cerraron con seguridad antes de que partieran a un sendero que Sam ni siquiera vio hasta que estaban sobre él. Se echó el sombrero sobre la cabeza y se fueron, Sam con su cámara en las manos y lista para usar. Estaba emocionado de hacer algunas fotos de la vida silvestre en este lugar, y había estado esperando este día por un mucho tiempo.

Inicialmente caminaron por el sendero sin conversar. Que sería un rato, hasta que consiguieron el punto exacto a donde él deseaba ir, no quería asustar a ninguna especie de fauna silvestre que pudiera darle la amplia oportunidad para un buen tiro. Mantuvo sus ojos y sus oídos atentos, pero no se veía nada al principio. Podía, sin embargo, escuchar una abundancia de seres vivos, sonidos llenando el aire a su alrededor.

Su primera oportunidad llegó en unos treinta minutos. Un tití león, que era un mono con una melena hermosa, estaba en una rama de árbol disfrutando de su comida. Sam fue capaz de obtener tomas hermosas mientras el mono masticaba y le miraba directamente. También consiguió algunas fotos impresionantes de un par de perezosos y una guacamaya. El resto de la caminata se dio sin mayores acontecimientos, y pronto los dos hombres llegaron a un claro, donde se detuvieron y establecieron un sitio para pasar el día.

Rico había traído un par de sillas de paraguas, las cuales desplegó y situó mientras Sam sacaba lo esencial de su mochila. Armó su trípode y preparó su cámara, luego los dos hombres se sentaron para relajarse un poco.

"Hay buenas tomas aquí para ti", dijo Rico. "¿Por qué nunca has tomado fotos de animales antes?"

Sam sacó una barra de granola de su mochila y la abrió. Le ofreció una a Rico, quien levantó la mano para hacer un gesto de negación. "Supongo que quería hacerlo a mi manera, ¿sabes?". Rico sacudió la cabeza, así que Sam continuó. "Quería estar seguro de que haría un buen trabajo aquí con plantas y personas antes de probar animales". Rico le afirmó con una inclinación de cabeza entonces.

Esperaba obtener algunas fotos de un jaguar, tal vez cazando su presa, o tal vez incluso un par de hermosos reptiles nativos de esas partes, pero él sabía que era mejor no apresurar las cosas. Las plantas no se movían, y la gente daba el permiso, pero con los animales tenías que adaptarte a su manera de hacer las cosas, y él lo sabía. Su abuela le había enseñado esa lección desde el principio, y era algo que él no solo practicaba, sino que respetaba. Sería tan paciente como fuera necesario. Caminó un poco, pero en su mayoría se quedó de pie junto a su cámara y mantuvo sus oídos y ojos abiertos.

El día parecía pasar demasiado rápido, sin embargo, y las únicas tomas que Sam realmente obtuvo fueron de una rana venenosa, un Kinkajú, y un lagarto saltando a través de las aguas de una salida de río cercana. El sol empezaba a hundirse en el cielo, así que Sam revisó sus fotos, incluso las compartió con Rico para una segunda opinión. Eran hermosas, pero seguramente esperaba obtener algunas que fueran más deseables al día siguiente, quizás gatos grandes o incluso un tucán.

Los dos hombres recolectaron sus cosas y comenzaron a caminar de vuelta al SUV, Rico en el frente con su gran luz iluminando el camino. Ninguno de los dos quería caminar una vez que el sol se apagara por completo; era demasiado peligroso. Volverían al día siguiente por más fotos.

"Creo que visitaremos otro lugar mañana", decía Rico. "El año pasado, lo descubrí por accidente, y había muchos animales allí para fotografiar".

"Suena bien para mí", Sam respondió. "¿A qué distancia está de aquí?"

Rico jadeaba un poco y tuvo que recuperar el aliento antes de responder. "Oh, creo que 40 minutos. Más arriba, también hay un montón de monos y pájaros ahí. Tal vez hasta un gato grande".

"Eso sería increíble, Rico. Justo lo que esperaba", dijo Sam.

Los hombres salieron del camino justo al lado del coche, el cual Rico abrió inmediatamente. Pusieron sus cosas dentro y subieron a sus asientos, Rico encendió el motor y dio la vuelta en la dirección que entraron. El sol ya se estaba hundiendo, y Rico tenía las luces encendidas para ayudarse a ver. Sam se sentía cansado, así que apoyó su cabeza contra el asiento y cerró los ojos mientras andaban.

Rico trabajaba para una empresa llamada Expedition Amazon. Había trabajado allí desde que tenía la edad suficiente para conducir, y siendo un nativo, junto con su experiencia en el negocio, era de gran valor para ellos. Emplearon a varios guías, pero Sam no tenía interés en usar a nadie más que a Rico, y se aseguró de reservar sus servicios con antelación.

Se abocaron a Expedition Amazon y salieron. Sam recogió su bolsa y la puso sobre su hombro, luego se volvió hacia Rico. "No puedo esperar para llegar a ese nuevo lugar mañana. ¿A qué hora quieres salir?"

"Mi esposa tiene que ver al médico obstetra mañana", respondió pensativo. "Yo iré con ella, luego vengo a encontrarme contigo. ¿Qué tal a las once?"

Sam asintió con una gran sonrisa en su rostro. "Estaré aquí. No tengo otro lugar a dónde ir".

"Bueno. Nos vemos entonces", dijo Rico, y se volvió hacia el coche para llevarlo al aparcamiento. "Oh, Sam, espera".

Sam se detuvo y caminó hacia el hombre. "¿Qué necesitas?"

Rico miró por encima del hombro, luego miró a Sam como si quisiera asegurarse de que nadie pudiera oírlos. "¿Tienes un arma, Sam?"

Sam levantó las cejas. "¿Qué clase de arma? Pensé que no debía hacerlo".

Rico puso su dedo índice en los labios y se inclinó hacia Sam para hablar en voz baja. "Este nuevo lugar, No recibe muchas visitas". Continuó mirando a su alrededor. "Si tienes un arma, debes traerla. Puede haber un gran felino ahí; otro animal, también. Si no tienes un arma, como una pistola, traeré una para ti y para mí".

Sam miró a Rico con atención. "¿Está bien que vayamos a ese lugar?"

Rico sacudió la cabeza. "No, pero los mejores animales están allí".

"Bueno. No tengo una, así que tráela para mí. Sé cómo usarla", dijo y Rico asintió. "Nos vemos mañana a las once".

"Mañana a las once", respondió Rico con una sonrisa, saltó al SUV y se dirigió a la parte trasera del edificio.

Sam silbó mientras se dirigía al pequeño lote de grava donde estaba su coche de alquiler aparcado. Estaba alojado en un hotel, y estaba ansioso por llegar allí. Comería una buena cena y descansaría en abundancia. También estaba contento de que no empezarían a trabajar hasta las once porque quería recoger algunos bocadillos adicionales y agua, y también necesitaba conseguir más paños de limpieza para lentes.

Llegó al coche y puso su bolsa en el asiento trasero, luego se puso al volante y se fue al hotel. No pudo ocultar su excitación y cantó mientras conducía por el camino. Por eso le gustaba Rico. A pesar de que solo era un guía, parecía apreciar la necesidad de Sam de las mejores imágenes. Hizo un gesto mental de dejarle a Rico un montón de billetes cuando terminara con sus servicios esta vez; se merecía una gran propina.

CAPÍTULO 2

Sam se despertó antes del amanecer, se duchó y se vistió. Se sentó en el pequeño escritorio de su habitación y abrió su computadora. Subiría sus fotos del día anterior al ordenador para guardar su material, y también le daría tiempo para escoger sus tomas favoritas. Antes de sentarse y ponerse cómodo, pidió café y fruta para desayunar a través del servicio de habitación. Luego se puso a trabajar.

Cogió su cámara primero, mientras su computadora portátil se ponía en marcha y empezó a ver las tomas que había conseguido el día anterior. La mayoría de ellas cumplían sus normas: eran buenas y útiles. Terminó eliminando varias que no estaban a la altura. Luego conectó la tarjeta de memoria de la cámara en el ordenador portátil y comenzó el proceso de subida.

Un golpe en su puerta significaba que su desayuno había llegado. Después de darle una propina al botones, cerró la puerta y se sentó a comer. El café era fuerte y delicioso, y se alegraba de que le hubieran traído una jarra entera del líquido negro. Iba a prepararse para salir después de terminárselo, él lo sabía, y la idea le hizo sonreír.

Con su desayuno terminado y su carga de fotos completa, Sam encendió la televisión para ver cualquier noticia que pudiera encontrar. Salía en una hora y recogería algunos artículos necesarios, luego se reuniría con Rico, pero hasta entonces se iba a relajar con el resto de su café delante del boob tube. Tenía que mantenerse al día con los medios de comunicación, después de todo.

Alrededor de las nueve y media Sam tenía suficiente televisión y más que suficiente café también, así que apagó la y preparó su bolsa. Iba comprobando doblemente de cargar con todo su equipo. Luego se dirigió al estacionamiento, donde guardó sus cosas en el coche alquilado y partió hacia el distrito comercial local. No necesitaba mucho, pero lo que necesitaba tenía que estar seguro de tenerlo.

Las compras tardaron un poco en completarse, y pronto se encontró sentado en el coche con casi una hora libre. Decidió que se dirigiría a Expedition Amazon y esperaría a que Rico apareciera. No tenía nada mejor que hacer, y había comprado una revista de vida silvestre que aún no había tenido el placer de mirar, así que con eso mataría tiempo.

Cincuenta minutos más tarde estaba todavía hojeando la revista, y había perdido la noción del tiempo.

"¿Qué estás haciendo?", dijo la voz de Rico directamente junto a su ventana. "¿Cuánto tiempo llevas sentado aquí?"

Sam se sobresaltó, tumbando la revista en el suelo bajo sus pies. "¡Maldita sea, Rico! Me diste un susto de muerte", El guía se rió como si fuera la broma más divertida que jamás había oído.

Ahora Sam sacudió la cabeza y rió junto al hombre, luego miró su reloj. "Casi una hora, supongo", respondió mientras salía del coche y abría el maletero para recuperar su mochila. "¿Cómo le fue a tu esposa en el médico esta mañana?"

"Ah, el bebé está bien, mi esposa también, yo estoy, ¿cómo decirlo, súper nervioso?", Rico estaba bromeando, por supuesto, y estaba radiante de orgullo. "El nuevo bebé se parecerá mucho a mí; va a ser un niño".

Sam cerró con llave el vehículo y colocó su bolsa sobre su hombro mientras seguía a Rico hasta el SUV, que ya había aparcado frente al edificio. "¿Los médicos te dijeron que era un niño?", preguntó.

Rico sacudió la cabeza mientras los dos hombres subían al vehículo. "No, pero lo sé en mi corazón. Es un chico, y se parece a mí. Hice un bebé sano y fuerte".

"Lo creo, amigo mío", respondió Sam.

Rico encendió el coche y pronto se fueron. "Cuéntame más sobre este nuevo lugar al que vamos hoy", dijo Sam.

"Bueno, no es muy visitado por la gente", dijo, con los ojos fijos en el camino mientras buscaba el lugar donde se dirigía. "Solamente he ido una vez, yo solo, pero esa vez había hermosos jaguares y otros animales. Los mismos a los que quieres sacarles fotos".

Sam sonrió mientras observaba el paisaje. "Estoy emocionado. Tengo algunos animales muy específicos en mente que me gustaría fotografiar. Espero que sea un buen día para ellos".

Después de unos cuarenta minutos, Rico sacó el SUV hacia un camino de tierra que Sam ni siquiera había notado; obviamente sabía exactamente hacia dónde se dirigía, y eso complació a Sam hasta más no poder. Estaba fuera de sí. Estaría llevando estas fotos a Planet Geographic para una muestra sobre los animales del Amazonas, y le darían unos buenos centavos. Quería desesperadamente conseguir esas buenas fotografías.

El camino de tierra en el que estaban, era sin duda más suave que el que atravesaron el día anterior, pero era un poco más difícil de ver debido a los sobresalientes árboles. El aire se enfrió, y era casi como si estuvieran conduciendo al crepúsculo debido a la sombra. Sam se acercó al asiento trasero y agarró su bolsa. Ya había preparado la cámara en el hotel; ahora todo lo que tenía que hacer era colocarla alrededor de su cuello, quería hacerlo lo más pronto posible en caso de que se presentara una gran toma. Se puso la cámara y se colocó el sombrero en la cabeza.

De repente, Rico redujo la velocidad de la SUV, casi hasta arrastrarse. Sam miró a su guía, éste tenía una mirada seria en su rostro. Dejó el coche y apagó la ignición, luego comenzó a escuchar atentamente.

"¿Qué pasa, Rico?", preguntó Sam, pero Rico se llevó el dedo a los labios y se concentró en los sonidos a su alrededor. Sam continuó observándolo pacientemente.

De repente, una mujer gritó, y estaba ensangrentada.

Los ojos de Rico se inclinaron hacia Sam, cuyos propios ojos eran tan anchos como platillos. Ahora la selva tenía la atenta atención de ambos hombres, ni se pronunció una palabra ni se hizo sonido alguno. El pecho de Sam latía muy fuerte.

La mujer gritó de nuevo, más cerca esta vez. "¿Qué diablos es eso, Rico?"

El dedo de Rico seguía en sus labios y sacudió la cabeza. Al cabo de un momento, dijo: "Suena como una niña, o una señora, pero no está bien".

"¿Qué quieres decir con 'no está bien?' ". Estaba susurrando, asustado de hacer más ruido.

De repente algo salió volando de la vegetación en el lado izquierdo del coche, y lo hizo rápidamente. Era tan rápido que se veía borroso, a Sam y a Rico se les puso la piel de gallina.

Un fuerte ruido de aleteo parecía sobrevolarlos, y durante una fracción de segundo el sonido confundió a los hombres mientras trataban de identificar lo que habían oído y visto.

Un fuerte golpe los sacudió a ambos fuera del estado en que estaban. Allí, en el capó de la SUV, estaba sentado un pájaro enorme. Extendió sus alas y miró a los dos hombres.

"¿Qué diablos es eso, Rico?". Sam nunca había visto nada parecido. Era enorme.

El pájaro era de hermosos colores. Tenía largas y fluidas plumas en la cola, de color púrpura, al igual que sus enormes alas. Su cabeza y el cuerpo eran de un azul claro precioso, que complementaba al púrpura perfectamente. Era hermoso.

Fue entonces cuando Sam se dio cuenta de dos cosas que lo aterrorizaron. En primer lugar, el pico del pájaro medía más de medio pie de longitud, fácilmente, y parecía tener dos colmillos conectados a la parte superior de su pico; se superponían en la parte inferior. Sus alas lucían a lo que parecían ser manos, y estaban situadas en su torso, pero estaban conectadas con otro par de alas.

Finalmente, Sam se fijó en sus ojos. Este pájaro tenía los ojos de un ser humano, y eran de color azul claro.

El pájaro abrió su pico y soltó otro horrible y aterrador grito.

"¡Maldita sea!". Sam cogió su cámara intentando con ferocidad tomar una foto. Después de un minuto se volvió hacia Rico y le dijo, "Rico, ¿qué diablos es eso?"

Pero Rico no estaba escuchando. Estaba mirando al pájaro a los ojos, y el pájaro le devolvía la mirada. "¿Rico?"

Pero Rico no respondió ni se movió. Sam observó al pájaro mientras movía la cabeza hacia el parabrisas. Parecía estar encantado con el guía turístico, y el guía turístico parecía estar encantado con el pájaro. Sam observó el intercambio, con la boca abierta.

De repente, Rico se movió. Su mano derecha se movió hacia arriba para abrir su puerta. "Quédate aquí", le susurró a Sam sin apartar los ojos de la preciosa ave.

Abrió la puerta y salió, luego la cerró de nuevo. El pájaro seguía cada movimiento de Rico con sus ojos. Se detuvo junto al coche y estaba a solo un pie y medio del animal. Una pequeña sonrisa se posó en sus labios, pero solo por un segundo.

El pájaro abrió sus enormes alas en un movimiento tan rápido que era casi invisible a simple vista. Las manos que estaban unidas a sus alas salieron disparadas y el pájaro clavó sus uñas en la garganta de Rico, su pico afilado se dirigió primero a su ojo izquierdo, luego al derecho, cegándolo.

Rico gritó, y por primera vez comenzó a luchar, pero el pájaro lo sostenía de manera firme. Tan pronto vomo aterrizó, volvió a salir volando hacia el aire, llevando al guía turístico con él. Voló hasta que quedó fuera de vista.

Sam pensó que estaba gritando, pero al cabo de un momento se dio cuenta de que no salía ningún sonido de su boca. Miró sus manos y notó que había estado haciendo fotos todo el tiempo, pero la cámara estaba en su regazo, su dedo presionando el botón, en pánico. Se sentó hacia delante y miró hacia el cielo, pero no había nada más que las copas de los árboles.

Sam rodó su ventana hacia abajo media pulgada. ¡Rico! gritaba, una y otra vez, pero no recibía nada a cambio más que silencio. Empezó a mirar frenéticamente la selva que lo rodeaba, pero todo lo que podía ver eran las plantas y los árboles, y no podía oír a ninguno de los animales. La jungla todavía estaba inquietante.

Ahora se dio cuenta de que estaba conteniendo la respiración, y la soltó con una sonrisa. Estaba temblando fuertemente, y pensó que se iba a enfermar, así que tomó respiraciones lentas en un esfuerzo por contrarrestar las náuseas. Después de un par de minutos se sintió más calmado, y se fue recuperando poco a poco.

"¿Qué demonios?", se preguntó en voz alta. Nunca había visto un pájaro como ese en su vida, y ciertamente nunca se le había enseñado sobre esa criatura en la escuela. Sacudió la cabeza como para borrar de su mente la imagen de la ave desconocida, pero la imagen permaneció viva y violenta.

¡Rico! Sam llamó al guía unas cuantas veces más, pero estaba tan seguro como sabía su propio nombre que Rico no iba a responder. Finalmente se subió al asiento del conductor, con cuidado de mantener los ojos atentos a su alrededor. Giró la llave en el encendido del carro y el motor reaccionó inmediatamente. Parecía ensordecedor en comparación con el fuerte silencio que había en la selva.

Giró el SUV alrededor frenéticamente, y condujo el vehículo de vuelta por el camino que vino. Corrió lo más rápido que pudo sin perder el control del vehículo, aunque un par de veces estaba seguro de que iba a hacerlo. Tenía que regresar al Expedition Amazon y conseguir ayuda. Todo en lo que podía concentrarse era en el camino que tenía ante él y en el latir de su corazón.

CAPÍTULO 3

"¿Entonces, lo que me estás diciendo es que uno de nuestros guías fue arrebatado por algún pájaro extraño?". El director de Expedition Amazon estaba de pie con la espalda contra su escritorio y los brazos cruzados sobre su pecho. Sam se sentó delante de él en una silla de oficina, con sudor y lágrimas en los ojos.

"Eso es exactamente lo que te digo", respondió. "Dejé mi cámara en el vehículo. Si me dejas que la consiga, puedo ver si alguna de las tomas que hice de esa cosa salió".

El hombre, Miguel Pereira, miró incrédulo a Sam. Parecía que desconfiaba de todo lo que acababa de decirle. Finalmente, después de estudiarlo un momento, Pereira dijo: "De acuerdo, bien. Vamos a buscar tu cámara".

Los dos hombres fueron al vehículo, y Sam agarró su bolsa del asiento trasero y su cámara desde el asiento del pasajero del frente. Empezó a ver las fotos que había tomado. Mostraba que había conseguido más de treinta fotos, pero casi todas eran visiones borrosas de su regazo, zapatos, y la tabla de piso del SUV.

Todas excepto dos.

Tan pronto como encontró la primera foto del pájaro, empezó a temblar de nuevo. "Aquí. Aquí está". Entregó la cámara a Pereira y se puso la mano sobre la boca para no gritar al recordar que se había llevado a Rico por los cielos.

Pereira miró la foto y una expresión de horror se apoderó de su rostro. "¡Oh, Dios!", le dijo en voz baja. "¿Qué es eso?"

Sam solo pudo darle una risa frustrada y encogerse de hombros antes de responder, "Esperaba que me lo dijeras".

Miguel siguió mirando la fotografía, horrorizado, y sacudió la cabeza. "¡No lo sé, nunca he visto nada como esto en mi vida!"

Ahora Sam empezó a caminar un poco, el shock todavía corría por sus venas. "Creo que deberíamos estar tratando de encontrar a Rico. Tenemos que salvar a Rico".

Miguel siguió sacudiendo la cabeza con incredulidad. Finalmente dijo: "Está bien, está bien. Llamaré a las autoridades, y reuniré un grupo para buscarlo, pero si lo que me dijiste es verdad, probablemente no lo encontraremos vivo".

El hombre le devolvió la cámara a Sam. "Necesitaré que te quedes un rato. Las autoridades querrán hablar contigo, estoy seguro. Entonces necesitaré que me lleves a mí y al grupo de vuelta a donde esto sucedió".

Los ojos de Sam echaron un vistazo al SUV y por primera vez notó una mancha de sangre en la superficie del capó del vehículo. Cerró los ojos con fuerza para no recordar el ataque de Rico, pero no sirvió de nada. Se volvió hacia Pereira. "Bien. Haré lo que necesites que haga. Pero Rico debe ser encontrado, vivo o muerto".

Los dos hombres regresaron a la oficina de Pereira, donde llamó a la policía. Luego tomó un portapapeles y lo clavó en la pared. "Reuniré a un grupo de búsqueda, y los acompañarán de regreso al sitio, pero tendrán que esperar hasta que la policía haya llegado para irse".

No tuvieron que esperar mucho tiempo. La policía llegó con bastante rapidez y tomó una declaración de Sam. Ellos también actuaron como si estuviera loco, hasta que les mostró las dos fotos que había tomado del pájaro. Entonces todos se mostraron tan horrorizados como Sam.

"He elegido a un grupo de empleados para buscar a Rico, y el Sr. Daniels los acompañará al lugar donde ocurrió el incidente", dijo Pereira. "Una vez que hayan terminado con él voy a enviar el grupo".

El mayor de los dos oficiales habló. "Creo que la naturaleza del incidente exige acompañamiento policial. Seguiremos a su grupo al sitio, así que debe seguir adelante y alertar a su gente de que nosotros también iremos".

Pereira asintió bruscamente y salió de la habitación. Sam se desplomó en la silla detrás de él. El joven oficial le devolvió la cámara. "Necesitaremos copias de las fotos del... pájaro".

"Claro, claro", respondió Sam. "Cualquier cosa que necesites; en absoluto".

Al cabo de unos minutos Pereira regresó a la oficina. "Ok, mi gente está consiguiendo un par de vehículos para la búsqueda. ¿Querrán tomar el suyo, supongo?"

El oficial mayor asintió. "Necesitaremos ver el vehículo que estaba siendo utilizado por este hombre y la víctima".

"Está en el frente", respondió Pereira. "Aquí están las llaves".

Alrededor de una media hora después Sam estaba sentado en el lado del pasajero de otro SUV con otros tres hombres. Otro SUV los seguía, y la policía estaba en la parte trasera. Al principio, Sam se preocupó de que no pudiera volver al sitio, pero pronto descubrió que nunca podría olvidar la ruta. Los llevó al lugar casi sin esfuerzo.

La sangre de Rico estaba secándose en el suelo. El follaje que cubría el camino en el que se encontraban, creaba grandes sombras. Algunos de los hombres empezaron a salir de los vehículos, pero Sam se sentó justo donde estaba. Se volvió hacia Pereira, que conducía. "Creo que me voy a quedar donde estoy".

Pereira asintió. "Entiendo. Te llevaré de regreso a nuestra sede y dejaremos que estos hombres comiencen la búsqueda, si lo deseas".

"Me gustaría", dijo Sam. "Por favor".

∞

Sam se sentó en su cama en el hotel. Estaba jadeando, se encontraba cubierto de sudor, y le tomó un momento darse cuenta de que estaba a salvo. Cuando lo hizo, comenzó a llorar y temblar.

Había soñado que Rico era llevado por el pájaro. Mientras se elevaba por el cielo con las uñas clavadas en su garganta Rico estaba gritando a Sam, "¡Ayúdame! ¡Ayúdame!". La sangre caía en el suelo mientras él desaparecía en el cielo lejano.

Sam se preguntó si alguna vez volvería a dormir bien.

Bajó los pies al suelo y se acercó al baño para tomar agua fría. Bebió dos vasos y volvió a buscar la cama, pero cuando la miró, una sensación de temor le invadió. No iba a dormir más esa noche. En lugar de eso, encendía el televisor y se dejaba perder en su ruido y sus imágenes.

Para cuando el sol salió, Sam se había duchado y había empacado todas sus pertenencias. Había pedido el desayuno desde el servicio de habitación, pero era incapaz de tocar la comida. Los huevos y las salchichas estaban fríos en el plato, intacto. Simplemente no podía comer, no ahora.

El teléfono de la habitación del hotel sonó a las nueve y cuarenta y cinco minutos, haciéndolo saltar. No quería hablar con nadie; de hecho, estaba intentando acortar su viaje en un esfuerzo por poner los acontecimientos de ayer en el pasado. Ya había contactado con la recepción para hacerles consciente de sus intenciones, así que no sabía quién lo llamaría. Cogió el auricular con temor.

"¿Aló?"

La voz de un hombre le respondió. "Hola. ¿Es Samuel Daniels?"

"Lo es", contestó Sam.

"Señor. Daniels, le habla Miguel Pereira de Expedition Amazon", dijo el hombre. "Estoy llamando para hacerle saber que el equipo de búsqueda pudo localizar a Rico Alves".

Los ojos de Sam se iluminaron. "¿Lo hicieron, está bien?"

Pereira se aclaró la garganta y dijo en voz baja: "No. Ha muerto".

Sam se sentó en la cama, con el auricular en la oreja. Sabía que nadie podía sobrevivir al ataque que había presenciado. Esperaba que todo lo ocurrido estuviera solo en su cabeza, como sus sueños, pero no era así.

"Tiene las extremidades destrozadas", dijo Pereira. "Sus ojos fueron arrancados, y su abdomen estaba abierto de par en par. Solo pudimos identificarlo por su rostro. El resto de su cuerpo era irreconocible. Su familia ha sido contactada".

Sam respiró hondo. "¿Habrá una búsqueda para localizar al pájaro?"

"Mis hombres se preparan para ello", dijo Pereira, "lo que me lleva al siguiente motivo de mi llamada. Necesitaré una copia de las fotos que tenga, y la policía también necesita una. Les dije que le pediría que me las enviara por correo electrónico, a su vez que les daría copias a ellos también".

Sam se puso de pie. "Sí, sí. Dame tu dirección de correo, y te las enviaré ahora mismo".

Una vez que tenía la dirección de correo electrónico de Pereira abrió su portátil y envió las dos fotos, que ya había subido a su respaldo. Añadió una breve nota pidiendo que el hombre le diera a su familia sus condolencias, luego la envió. Finalmente, recogió sus maletas y miró alrededor de la habitación una última vez antes de irse para siempre.

El viaje en coche al aeropuerto fue sin incidentes, aunque parecía que le tomó una eternidad llegar allí y poner fin a este viaje. Todavía estaba un poco sorprendido, y no podía dejarlo ir. Una vez que devolvió el coche alquilado y se dirigió hacia el lobby, estaba ansioso por irse, pero tenía un par de horas de espera antes de abordar su vuelo.

Continuaba pensando en los acontecimientos de ayer. Se sentía tan impotente, tan impotente. ¿Podía hacer algo para remediar la situación? Pensó que no. Después de todo, un hombre había muerto.

Durante su vuelo a casa tomó una decisión firme: iba a averiguar qué era ese pájaro, y regresaría a Manaos. Sí, volvería a Manaos y mataría a esa criatura despiadada, así fuera la última cosa que hiciera en la vida.

CAPÍTULO 4

La doctora Katherine Beck paseaba por el pasillo de su laboratorio haciendo apuntes en un trozo de papel en su portapapeles. El pasillo estaba flanqueado con animales enjaulados a ambos lados. Algunos albergaban aves, algunos monos y algunos ratones o ratas. Los animales gritaban, siseaban y se revolvían, tratando de llamar su atención.

Técnicamente, Kate era ornitóloga, o al menos había sido su campo de especialización durante sus estudios. Ya que era la cabeza del departamento de zoología, dirigió la mayoría de los estudios, a pesar de que en estos participan una gran variedad de animales. Algunos de los especímenes que ella tenía en este estudio eran pájaros, tales como Cacatúas y un par de Inseparables, pero el trabajar con una variedad amplia de animales era normal en lo que se refiere a su trabajo. Los amaba a todos, por supuesto, pero disfrutaba especialmente de las ocasiones en que podía trabajar con pájaros y solo pájaros. Sin embargo, este estudio no fue una de esas ocasiones.

"¡Oh, tontos bebés!", dijo, y sonrió. Se detenía en cada jaula y comprobaba la cantidad de comida que comían, así como la cantidad de animales que habían defecado. "Sabes que te quiero, así que tranquilo".

"Kate, el camión de reparto está aquí". La voz del hombre salió de detrás de ella, y se volteó para ver a su asistente, Jason Seward. Jason la ayudaba con las pruebas de laboratorio y se encargaba de limpiar las jaulas con regularidad. Se había graduado de la universidad el año pasado, por lo que era nuevo y confiable, aunque un poco torpe.

"Gracias, Jason", replicó, y le hizo un gesto para que se acercara a ella. "Ten, termina de grabar su ingesta y producción por mí, ¿puedes? Iré a firmar la entrega".

Había estado realizando experimentos para la Universidad de Washington, centrados en la alimentación animal. El estudio era para una empresa que hacía alimentos; habían cambiado recientemente todas sus recetas, haciendo el alimento más gustoso y nutritivo para los animales, y ella estaba a cargo de asegurarse de que estuviera a la altura de las demandas antes de ser puesto en el mercado.

Jason se encargó de continuar desde ese punto, mientras ella se dirigió a la entrada principal del edificio. Su hombre de entrega regular estaba allí sonriéndole. Se había enamorado de ella, y ella lo sabía, pero era demasiado viejo para ser considerado, sin mencionar que estaba demasiado ocupada para empezar a tener citas.

"Buenos días, Rob", dijo con una sonrisa. "¿Me trajiste mis nuevos bebés?"

Él le sonrió, con ojos llenos de admiración. "No estoy seguro de qué bebés estás hablando, Dra. Beck, pero la caja ciertamente está haciendo mucho ruido".

Él le entregó su "caja por firma", como ella solía llamarla, y la firmó con rapidez. "Dos monos araña", respondió ella. "Al menos, espero que eso sea lo que hay ahí dentro".

Kate tomó el paquete, completo con agujeros de ventilación, del repartidor. "Gracias, Rob. También espero una orden de pequeñas jaulas en los próximos días, así que nos vemos pronto".

Ella empezó a apartarse cuando Rob dijo: "¿Así que has pensado en mi invitación a cenar?"

Kate se volvió hacia él. "Sabes que lo aprecio, pero casi vivo aquí. Las citas no son lo mío, pero gracias. Conduce con cuidado, ¿de acuerdo, Rob?"

Rápidamente se volvió y se alejó antes de que pudiera continuar. Odiaba tener que alejar así a los hombres, sobre todo si eran guapos, pero el hecho era que estaba demasiado ocupada para cualquier tipo de vida social.

Kate volvió a su laboratorio remolcando su paquete. Jason estaba al final del pasillo tomando notas cuando entró. "¿Esos son los nuevos monos?"

"Todavía no los he mirado, pero será mejor que así sea", respondió. Los dos últimos envíos de animales que habían recibido estaban completamente equivocados. Uno que se suponía que era un par de conejillos de indias, terminó siendo un par de arañas tarántula, que ella no necesitaba en absoluto. El segundo se suponía que eran gatos, y terminó siendo cuatro ratones, y una estaba embarazada.

Colocó la caja en una de las mesas de laboratorio y se puso un par de gruesos guantes protectores. Amaba a todos y cada uno de los animales de laboratorio, pero nunca se sabe cuándo estos decidirán morder, y los que estaban en la caja iban a conocerla por primera vez. Estarían nerviosos.

Kate abrió cautelosamente la caja, mientras hablaba en un tono sereno y tranquilizador. Sí, éstos eran sus monos araña. Una amplia sonrisa cubrió su rostro. "¿Cómo están mis bebés? Encantada de conocerlos, ¡mis dulces bebés!"

"Tengo dos jaulas listas aquí", dijo Jason mientras levantaba el primer mono de la caja.

Se volvió hacia él. "Bueno, voy a necesitarte aquí, por supuesto". Jason se acercó, y cuando llegó a la caja se puso en posición de cerrar la tapa tan pronto como ella tuviera el primero completamente fuera. El chiquillo chilló, incluso cuando Kate habló suavemente.

Cruzó la habitación y puso el primer mono en una de las jaulas limpias y preparadas. "Esta va a ser tu casa por un tiempo, pequeño mono".

Aseguró la jaula y abrió la puerta de la siguiente para Jason, que ya llevaba el mono número dos. En un instante tenían los monos enjaulados y listos.

"De acuerdo", comenzó Kate. "¿Dónde está el portapapeles? Necesito obtener una hoja de monitoreo llenada para estos dos, y colocar algo de comida en sus jaulas".

Jason se quitó los guantes que llevaba puestos. Ya está hecho, y están en el orden correcto junto a los demás. Parece que estamos listos.

De repente, el intercomunicador junto a la puerta del laboratorio crujió fuertemente. "Dra. Beck, hay un caballero que quiere verte".

"¿Quién es?", preguntó ella. "No tengo ninguna cita reservada para hoy. Dile que programe una cita".

"Dice que es una emergencia, doctora Beck".

Kate frunció el ceño y miró a Jason, haciéndole una mueca. ¡Bien! Saldré por un momento.

Se quitó los guantes y se volvió hacia Jason. "Supongo que te dejaré a cargo de la primera alimentación. Asegúrate de documentar todo, y volveré en breve". "Qué sucede con las personas que no programan citas?"

Jason sonrió. "Todo el mundo te quiere, Kate. Tienes una gran demanda".

Ella resopló sarcásticamente. "Sí, claro".

El hecho era que aunque Kate era muy hermosa, no tenía tiempo para socializar o salir. Sus padres estaban convencidos de que iba a morir como una vieja doncella, gracias a su carrera. Su madre le decía a menudo que su larga melena negra y sus penetrantes ojos verdes eran un desperdicio, ya que nunca los usaba. El noventa por ciento de las veces tenía el pelo retorcido en un moño y andaba sin maquillaje. El amor de su vida probablemente resultaría ser un científico como ella.

"Muy bien, Jason, aquí voy. Nos vemos en unos minutos". Salió del laboratorio y bajó por el largo corredor hasta el mostrador de recepción. Tendría que recordarle a Martha, la recepcionista, que a menos que los visitantes tuvieran una cita programada, no debería ser interrumpida. Ya se lo había dicho varias veces, pero parecía que la mujer mayor tenía el hábito de olvidar las cosas a menudo.

Cuando entró en el área de recepción a través de la pesada puerta de roble, encontró a Martha en su computadora, y a un hombre muy nervioso que paseaba por la habitación. Llevaba una gran mochila en el hombro, y parecía como si no hubiera dormido en un buen tiempo. Sin embargo, se dio cuenta de lo atractivo que era, con su pelo marrón ondulado y grandes ojos marrones. Sacudió los pensamientos de su mente. No tenía tiempo de mirar al macho de la especie, pero después de todo era una mujer.

Kate tocó el hombro de Martha. "¿Puedo hablar contigo, Martha?"

La mujer lanzó una sonrisa apretada y se levantó de su escritorio. Kate simplemente la llevó de nuevo por la puerta de roble. "Marta, te he dicho una y otra vez que no quiero interrupciones. Solo concedo consultas con cita previa".

"Lo sé, doctora Beck, y traté de hacerle programar una y que luego regresara, pero se negó a marcharse".

Kate gimió. "Muy bien, pero trata de ser más asertiva en el futuro, por favor".

Las mujeres regresaron a la zona de recepción, y el hombre se volvió hacia ellas. Kate extendió su mano mientras se acercaba a él. "Soy la doctora Beck", dijo. "Martha me dice que se trata de una emergencia. ¿En qué puedo ayudarle?"

El hombre parecía un naufragio total, con grandes bolsas bajo los ojos, y temblaba ligeramente mientras le estrechaba la mano. Sus ojos incluso se movían hacia adelante y hacia atrás. "Hola, doctora Beck". Soy Sam Daniels. ¿Hay algún lugar donde podamos hablar a solas?

Kate instantáneamente tuvo la impresión de que cualquiera que fuera la razón de la visita del hombre, de verdad la consideraba como una emergencia. Su intuición le dijo que necesitaba hablar con él de inmediato. "Claro, señor Daniels. Sígame".

Atravesaron la puerta de roble y Kate lo condujo más allá del área de laboratorio hasta una puerta al final del pasillo. La abrió y lo hizo pasar; era su oficina, y era el área más privada que tenía disponible. La habitación estaba llena de desorden: papeleo, carpetas de archivos y libros. Agarró una pila de carpetas de una silla y las depositó en el único espacio vacío que podía encontrar en su escritorio. Ella se volvió hacia Sam, que estaba mirando alrededor del espacio desordenado con asombro. "Puede tomar asiento si desea".

Sam le asintió y se sentó en la silla mientras Kate limpiaba su propia silla. Después de un momento ella también tomó asiento. "¿En qué puedo ayudarle, señor Daniels?"

Sam dejó escapar un enorme suspiro y sacudió la cabeza. "No estoy seguro de cómo empezar. Me dijeron que usted es una científica especializada en pájaros".

"Una ornitóloga, pero la zoología en general es lo que estudio y practico", respondió.

"Bien, bien". Ahora Sam desabrochó su bolsa y sacó su lujosa cámara. Miró la cámara en sus manos con una mueca en la cara, como si esperara que lo mordiera en cualquier momento.

"Soy fotógrafo, doctora Beck", empezó. "Primero fotografío plantas, vida silvestre, y humana ocasionalmente, pero solo para revistas como Planet Geographic y así".

Mientras Kate trataba de darle toda su atención, se encontró pensando en sus monos araña. Si esto no fuera una verdadera emergencia, iba a darle a este chico una buena respuesta. No tenía tiempo para juegos, y parecía como si él quería tomarle una foto.

"La semana pasada volé a Brasil, específicamente al Amazonas", continuó Sam. "Primero tomé algunas fotos de la selva y luego conseguí algunas otras de los nativos que viven allí. En los últimos dos días que pasé allí, mi guía me llevó de nuevo a la selva para hacer algunas tomas de la vida silvestre".

Parecía estar más inquieto aún, y Kate se estaba poniendo un poco impaciente. Había dejado de hablar y miraba nuevamente su cámara. Ella controló la frustración en su voz.

"Señor Daniels, estoy muy ocupada. Si realmente tiene algo que preguntar deberíamos ir al grano".

Su cabeza se sacudió entonces, y él la miró a los ojos. Parecía estar conteniendo las lágrimas. "Sé que no me va a creer, pero tengo fotos".

"¿Fotos de qué?"

Se aclaró la garganta y dejó que la cámara descansara en su regazo. "Tuve un guía llamado Rico. Era mi guía favorito. Desde el segundo hasta mi último día allí, él y yo fuimos a un área bastante popular para la vida silvestre, y pude obtener algunas fotos muy buenas, si no básicas, de algunos de los animales de la zona. Nada fuera de lo común o especial".

Se detuvo una vez más, y Kate se retorció en su silla. "Al día siguiente, Rico quería llevarme a un lugar que estaba un poco más adentro, y él estaba muy misterioso al respecto. Confiaba en él, me dijo que allí iba a obtener muy buenas tomas para mis fotos, así que estuve de acuerdo. Nos encontramos en la oficina de turismo la mañana siguiente y salimos".

"Estaba siendo un viaje sin contratiempos, cuando de repente una mujer gritó".

Kate estaba un poco confundida, pero ahora tenía su atención. ¿Una mujer que grita? ¿Qué tiene eso que ver con pájaros o animales?"

Finalmente, Sam la miró a los ojos, su propia cara llena de incredulidad y susto. "Nos detuvimos y apagamos el coche para poder escuchar. Si alguien necesitaba ayuda, estábamos allí, pero teníamos que escuchar".

"La escuchamos de nuevo, pero entonces este... pájaro, creo... aterrizó en el capó del coche".

Kate notó que el hombre estaba temblando en serio, ahora, y gotas de sudor le corrían por la frente.

"Continúe, señor Daniels".

Él asintió y le dedicó una media sonrisa superficial. "Nunca he visto este tipo de pájaro en mi vida, mató a Rico y se lo llevó".

Los ojos de Kate se abrieron de par en par. "¿Qué quiere decir con que nunca ha visto ese tipo de pájaro? ¿Es una especie?"

"Nunca he visto nada parecido. No sé...", su voz se apagó.

Ella lo observó por un momento. "¿Supongo que tiene fotografías?"

Asintió frenéticamente y encendió la cámara. Kate se levantó y se dirigió hacia él. Tan pronto como se colocó detrás de su silla, la primera foto apareció. Desde donde estaba Kate inicialmente parecía verse solo una gran bola de colores. Entonces Sam le pasó la cámara por encima del hombro.

Ella la agarró, y al verlo se dio cuenta de que su rostro se había vuelto pálido. De lo que estuviera hablando, lo había asustado. "¿Está bien?", le preguntó.

Asintió y Kate concentró su atención en la pantalla de la cámara. Lo que vio, su mente no lo podía procesar. Si tuviera que categorizar al animal, ciertamente lo habría llamado un pájaro. Estaba cubierto de hermosas plumas de color púrpura y azul; en realidad era bastante hermoso y sorprendente. Pero esta cosa tenía un pico largo y estrecho por el cual sobresalían colmillos, y eso no era lo más inquietante. Conectado a sus alas, justo en el área del pecho, parecía tener cinco falanges óseas, cada una con algo que solo se podría describir como uñas.

Tenía ojos humanos, del color del mar.

"¿Qué diablos?"

Sam soltó una carcajada. "Lo sé, ¿cierto?"

Continuó mirando la fotografía, una sensación de miedo y aprensión llenaba su estómago. Necesitaba sentarse así que se acercó a su escritorio y se dejó caer en la silla.

Kate no habló por unos minutos. Estaba tratando de reconstruir esa cosa en su mente. Esto no se parecía a ningún pájaro que hubiera visto en su vida, y no podía entenderlo. Esta cosa tenía manos y dientes.

"¿Me está diciendo que este… pájaro… mató a su guía?". Kate oyó la incredulidad en su voz, pero su corazón latía con fuerza. "Dígame todo, pero primero me gustaría subir la foto para poder acercarla y ver mejor".

Sam asintió, abrió la cámara y sacó la tarjeta de memoria. Se la entregó y comenzó a relatar su horrible historia mientras descargaba la imagen. Su voz temblaba mientras hablaba.

"Habíamos detenido el coche", empezó. "Se cayó sobre el capó, fuerte. Mi chofer lo miraba de cerca, y esa cosa lo miraba también. Dejó de hablar y se puso muy... consternado... por el pájaro. Era como si el ave estuviera... hipnotizándolo con los ojos".

Sam tenía ahora toda la atención de Kate. "¿Qué sucedió después?"

"Bueno, Rico salió del coche", continuó. "Él quería que me mantuviera en silencio, así que mientras, traté de sacar algunas fotos de esa cosa. Subió al lado del coche, justo en el capó, donde estaba el pájaro. Siguieron mirándose el uno al otro, y entonces... entonces..."

"¿Y entonces qué?", ella preguntó. "¿Qué pasó?"

Las lágrimas comenzaron a llenar los ojos de Sam, y temblaba más fuerte que nunca. "Tomé un par de fotos, y fue ahí cuando sucedió; lo agarró por la garganta con esas cosas que tiene por manos". Sacudió la cabeza y cerró los ojos con fuerza, como para cerrar su memoria. "Esas cosas que parecen uñas en sus manos las clavó justo en su cuello, y luego picoteó sus ojos y voló lejos con él, en el cielo. Simplemente... salió volando… con Rico".

Kate estaba horrorizada. Volvió su atención a su computadora e imprimió la foto. La impresora comenzó a hacer ruidos mientras imprimía la copia que había estado buscando. Luego se volvió hacia Sam.

"¿Puedo traerle un vaso de agua o algo?". Solo sacudió la cabeza y se secó los ojos con el antebrazo. La impresora se detuvo y Kate se levantó para ir a buscar la foto. La agarró y volvió a su escritorio, con los ojos fijos en la criatura de la fotografía.

Era como si ella estuviera instantáneamente desconectada de la realidad. No solo nunca había visto a un pájaro así en su vida ni en su carrera, tampoco había visto a ninguna ave remotamente parecida a esa. Sus colores, azul claro y púrpura, cautivaban, al igual que sus ojos, que parecían ser más una combinación de colores que un color en absoluto, además parecían humanos. Su pico tenía colmillos de apariencia traicionera que parecían estar fuera de lugar para Kate, pero más que eso eran los crecimientos parecidos a unas manos que sobresalían de la zona de su pecho, cerca de la parte superior de las alas.

Kate se dio cuenta de que no solo había dejado de respirar, también estaba apretando el papel con los puños. Después de otro minuto de no poder apartar los ojos de esa cosa, puso el papel boca abajo en su escritorio, e incluso luchó para volver a concentrar su atención. Finalmente, apartó los ojos y miró a Sam Daniels.

Él la estaba mirando fijamente, su pierna derecha rebotaba de arriba hacia abajo a un ritmo borroso. "¿Bien?", dijo "¿Qué es? Dígame que sabe lo que es y simplemente yo nunca he oído hablar de él o visto antes."

Kate sacudió la cabeza, con los ojos muy abiertos. "No tengo ni idea...". Respondió, su voz apagándose. Estoy perdida.

Los dos permanecieron sentados en silencio durante varios momentos, ambos mirando el dorso de la foto impresa, sentados en el escritorio de Kate. Su mente iba a miles de kilómetros por hora mientras barajaba los archivos de memoria en su cerebro. "¿Podría ser...?". No, habría sido descubierto mucho antes. ¿Y si...? No, si estuviese relacionado a esas especies ya estaría extinto, al igual que ellos. No había nada en su acumulación de conocimiento que pudiera identificar la criatura en la foto, o incluso explicarla.

"Señor Daniels, me gustaría conservar esta foto, si no hay problema", dijo finalmente. "Voy a investigar un poco y a discutirlo con algunos de mis asociados. Para ser completamente honesta, no puedo darle ninguna respuesta hoy, pero me pondré en contacto con usted tan pronto como pueda. Estoy segura de que esto se puede explicar... de alguna manera".

Sam asintió vigorosamente. "Sí, sí", respondió. "Guarde la imagen". Empezó a hurgar en su bolso y pronto sacó una pequeña tarjeta. "Aquí está mi número y correo electrónico. Estaré ansioso por saber de usted;

si esta es una especie completamente no identificada, quiero encontrarla. Quiero saberlo, y creo que el resto del mundo lo hará también, considerando su aparente inclinación a la violencia".

Sam se levantó entonces y ofreció su mano a Kate, que se puso de pie y aceptó el movimiento. "Déjeme que lo lleve", le ofreció.

Los dos salieron de su oficina, sus mentes se pusieron en círculos. "Como he mencionado, estoy perdida, pero tengo colegas con mucha más experiencia que yo". Kate se detuvo y puso su mano en el brazo de Sam, haciéndolo detenerse también. Incluso en su estado aturdido y confuso, sintió una corriente de electricidad que provenía de las yemas de sus dedos. Empezó a sentir mariposas en el estómago, y se puso muy tímido de repente.

Kate también lo sentía, y eso le llevó a quitarle la mano del brazo rápidamente. Incluso se ruborizó un poco, y ambos miraron nerviosos. "Señor Daniels", continuó Kate. "Si se trata de una nueva especie, va a tener que ser perseguido y estudiado, sobre todo después de tener en cuenta lo que le pasó a su guía durante su expedición. Estoy segura de que usted querrá ser parte de eso, profesionalmente hablando, por supuesto".

"¡Absolutamente!". Sam cambió su peso de un pie al otro y cruzó los brazos sobre su pecho. "Como he dicho, estoy ansioso, pero no solo por fotografiar el espécimen.

Más que eso quiero salvar vidas, y esta cosa tiene una alerta de 'depredador' escrita por todas partes".

Caminaron hacia la entrada principal, y después de estrechar la mano una vez más cada uno tomó su camino. Kate se dirigió hacia el laboratorio de animales donde estaría su asistente. Estaba ansiosa por comprobar la información que Jason tuviera, aunque solo fuera para saciar su curiosidad, de igual forma, valoraba cualquier teoría o idea que pudiera darle; fue por eso que lo contrató, después de todo.

El laboratorio estaba vacío, pero la oficina de Jason, situada en la parte trasera de la gran sala, estaba abierta y encendida. Kate caminaba charlando con los animales en las jaulas mientras los pasaba. Se acercó a la puerta abierta de Jason y la golpeó un par de veces para llamar su atención.

"¿Puedo entrar?". Jason miró a Kate desde su computadora, donde había estado introduciendo datos sobre las últimas pruebas y los recién llegados.

Él le sonrió. "Claro, Kate. No puedo creer que lo hayas preguntado". Jason notó entonces que Kate estaba un poco distraída, mientras se dirigía a la silla frente a la mesa. "¿Estás bien?"

Kate notó la preocupación en su rostro y en su voz. Intentó sonreírle para asegurarle que estaba bien, pero incluso ella sabía que no lo estaba engañando. Su sonrisa era perfunctoria y falsa.

"Sí", dijo. "Estoy bien. Solo quería hablar contigo de la visita que acabo de tener".

Jason volvió toda su atención hacia ella. "Por supuesto. ¿Qué pasa?"

Ella pensó por un momento, tratando de elegir sabiamente sus palabras. Finalmente, sacudió la cabeza con exasperación y soltó un suspiro. "Creo que deberíamos ir a mi oficina. Las palabras son un poco difíciles de usar en esta situación. ¿Estás demasiado ocupado ahora mismo?"

"No, no lo estoy. Estoy adelantado a lo previsto". Jason se puso de pie y se puso su chaqueta blanca. "Vámonos".

Los dos caminaron a la oficina de Kate con bastante rapidez, y ella siguió luchando para comunicar todo el camino. "Ni siquiera estoy segura de cómo comenzar a presentar esto, por lo que voy a hacer una ronda de práctica contigo. Voy a tener que presentar esto a otros ornitólogos, y no tengo ni idea de cuál es la mejor manera". Estaba divagando, y ella lo sabía, hablando más para sí misma que para él.

"Un paso a la vez, Kate". Llegaron a su oficina, Jason abrió la puerta y la mantuvo entreabierta para que Kate pudiera entrar primero.

Los dos se sentaron, Kate apoyó los codos en su escritorio y la barbilla en las manos. Ella miró contemplativa a Jason. Estaba emocionada, aturdida y en estado de shock. Ella sabía que este podría ser un asunto importante.

"Hay algo que tienes que ver, Jason".

CAPÍTULO 5

Sam estacionó su coche en el aparcamiento de su apartamento. Era un día lluvioso, con cielo gris, el clima estaba húmedo y pesado. A estas alturas ya debería estar acostumbrado; después de todo, era el estado de Washington.

Salió de su coche y sacó su bolso del asiento trasero antes de presionar la cerradura de la puerta. El coche dio un pitido, Y Sam se dirigió al interior. Necesitaba tiempo para estudiar las fotos un poco más. Le había prestado cierta atención, pero las circunstancias de la muerte de Rico habían interferido en su capacidad para concentrarse eficazmente. Él sabía que era hora de enfocarse y ponerse manos a la obra.

Abrió la puerta y entró a su apartamento, cerrándola detrás de él. Luego fue a la nevera, sacó una botella de cerveza y retorció la tapa. Se la llevó a los labios y empezó a beber, y casi ingirió todo el contenido de un solo trago. La fermentación de la cerveza le hacía arder la garganta, pero aun así le resultó refrescante.

Entró a su oficina al final del pasillo y encendió su computadora. Se sentó y esperó pacientemente a que la máquina se iniciara, luego se metió en la carpeta y abrió los archivos de las dos fotos del pájaro. La primera estaba un poco borrosa, pero se podía percibir. La otra foto era la que le había enseñado a la doctora Beck, y esta última sí estaba bastante nítida. La agrandó.

Era todo lo que Sam podía hacer para no mirar fijamente al animal en la pantalla. Sus ojos mostraban mucha, mucha inteligencia, como si no solo lo conociera, sino que sabía por qué estaba allí, y no parecía gustarle mucho. Parecía casi... enojado.

Sam agarró un trapo y lo humedeció con un poco de limpiador de cristal del cajón inferior de su escritorio. Limpió la pantalla del monitor completamente; no quería perderse, ni malinterpretar nada que viera en la foto. Quería ver lo más claramente posible.

Ahora redujo al mínimo la foto y cliqueó en su ícono de búsqueda. Buscó palabras claves, aquellas que se le venían a la mente: pájaro púrpura y azul de plumas, manos, colmillos, grandes. Presionó la tecla Enter, bebiéndose el resto de su cerveza de un solo trago.

Los resultados surgieron rápidamente, hizo clic en la opción 'Imágenes'. Sam pasaba los resultados lentamente, mirando cada uno. La mayoría eran aves de las que nunca había oído hablar, pero había fotografiado o visto en algún momento. Empezaba a sentirse decepcionado.

Hizo clic en la siguiente foto, y fue entonces cuando la vio. Era una foto de un pájaro prehistórico llamado 'Archaeopteryx'. Su corazón comenzó a latir; estaba tan cerca del pájaro del Amazonas como pudo encontrar, aunque difería en muchas maneras. Hizo clic en el sitio web relacionado a la imagen y comenzó a leer.

El Archaeopteryx' era tan grande como un cuervo. Su pico era más corto, y parecía curvarse al final, pero según la información, tenía dientes. No solo eso, tenía "manos". Estaban unidas a la parte superior de las alas, las manos del espécimen amazónico parecían crecer fuera del pecho junto a las alas simultáneamente. El Archaeopteryx fue clasificado como un archosaurio, que en realidad era una especie de reptil.

Sam siguió leyendo la información proporcionada, y se mostraba cada vez más convencido de que el pájaro de la foto pertenecía a alguna de las líneas evolutivas de la prehistoria. Todo lo que leía le decía eso; un pájaro así, con los atributos que poseía, no podía ser simplemente un ave. Simplemente no existían, no entonces, y no ahora.

Era una especie de dinosaurio, un dinosaurio carnívoro con plumas.

Sam se echó hacia atrás con fuerza en su silla, y el aliento dejó su cuerpo mientras trataba de envolver su mente con lo que estaba empezando a entender. "¿Es posible?", se preguntó en voz alta. "Esas cosas están todas extintas; no podría haber sobrevivido..."

Después de un rato se inclinó hacia adelante y sacó una impresión. Iba a sacarla en blanco y negro para poder hacer la referencia, o reproducirla, para cualquiera que quisiera verla. Mientras imprimía, se dirigió a la cocina y tomó otra cerveza.

Necesitaba toda la ayuda posible.

∞

"Así que, pude ver de inmediato que el tipo estaba nervioso", dijo Kate a Jason. "Para ser honesta, tuve la impresión de que estaba aterrado".

Jason la escuchaba atentamente mientras empezaba la historia con un poco de temor. "Tengo que decir, sin embargo, que ahora me siento igual de zafada".

"¿Qué quería, Kate?"

Se aclaró la garganta y se movió nerviosamente en su silla. "Era un fotógrafo de vida silvestre. Hace fotos para revistas como Planet Geo. Una vez que me enteré de eso, me relajé".

Kate tocó la foto, que todavía estaba boca abajo sobre su escritorio. "Acababa de regresar del Amazonas, y lo estaba considerando un buen viaje". Deslizó el papel de un lado a otro sobre el escritorio con los dedos, como si estuviera limpiando el escritorio con él.

"Tenía a este guía que siempre lo acompañó mientras estuvo allí", continuó, luego se quedó callada mientras pensaba en la totalidad de la historia. Parecía demasiado abrumador para ella contar la historia de principio a fin, así que mentalmente levantó las manos y miró a Jason a los ojos.

"Para resumir, su guía fue atacado y llevado por un pájaro grande, y no parece ser una especie familiar en absoluto".

"¿Qué...?", preguntó Jason. "¿Te dejó una foto?"

Kate asintió con la cabeza, una sonrisa extraña y sarcástica en su rostro y una mirada lejana en sus ojos. "Oh, sí. Me dejó una buena toma". Tomó la copia impresa de la foto que Sam le dio y la miró por un momento antes de entregarla a Jason.

El asistente la tomó, mirando a Kate todo el rato. Finalmente, miró el papel que sostenía en su mano, y sus ojos se abrieron de par en par mientras su piel palidecía.

"¿Qué diablos es esto?". Miró a Kate con incredulidad, antes de mirar la foto de nuevo. "No sé qué es esto".

"Exactamente", contestó Kate suavemente.

Dejó que Jason se tomara su tiempo con la foto; después de todo, sabía exactamente cómo se sentía.

Cualquier persona en su campo necesitaría un momento o dos para procesar lo que estaba viendo. Se quedó mirando y moviendo la cabeza.

Por fin habló. "¿Esta cosa mató a un hombre, te dijo lo que pasó?"

"Oh, sí", respondió Kate. "Me dijo que la criatura aterrizó en el capó del coche en el que estaban. Se habían detenido porque creyeron oír a una mujer gritando, así que se estacionaron".

"¿Una mujer gritando en el Amazonas?", Jason estaba cada vez más confundido. Kate hubiera querido que él estuviese presente en su reunión con Sam Daniels.

"Sí, una mujer gritando". Kate se puso en pie y empezó a caminar mientras hablaba. "El pájaro aterrizó en el capó, y según Daniels su guía lo miraba fijamente, y él pareció entrar en una especie de trance. Aun así, terminó de salir del coche y de pie al lado del capó; Daniels estaba tratando de tomar algunas fotos. Fue entonces cundo sucedió".

Jason levantó la vista de la foto. "¿Qué? ¿Qué pasó?"

Kate se detuvo frente a su escritorio y se sentó en el borde ligeramente, para así acercarse a Jason. "Según Daniels, el pájaro, o lo que sea, clavó las manos... o lo que sea, en el cuello del hombre. Luego le picoteó los ojos y se fue, llevándolo con él".

Jason la miró con incredulidad antes de mirar de nuevo la foto y sacudir la cabeza. Él dijo: "¿De qué tamaño era?"

"Daniels no dijo nada específico, pero debe tener una envergadura grande para poder soportar el peso de un hombre". Se detuvo y dejó que sus ojos se centraran de nuevo en Jason. "Encontraron el cuerpo del guía más adelante".

Jason se acomodó en sus hombros y le entregó la foto a Kate como si fuera una cosa sucia. "¿Entonces quería que lo identificaras?"

Ella asintió y rió un poco. "Sí, no tengo ni idea, es lo que puedo decirte, sin embargo: voy a averiguarlo".

Jason se recostó y cruzó los brazos. "Me recuerda a una especie prehistórica de la que aprendí cuando era niño. Se parecía a un pájaro, pero la ciencia lo etiquetó más bien como un lagarto, un miembro de la familia del dinosaurio. Se llamaba Archteryx, o Archaeopteryx. Sí, eso es. ¡Arqueoptérix!"

Kate se acercó a su lado del escritorio y sacudió el ratón hacia su computadora. La pantalla se iluminó y ella hizo clic en su buscador. "¿Cómo lo deletreas, a ver?"

"¡Wow, no lo sé! contestó él.

Intenta "a-r-c-h-e-c--..."

Kate estaba escribiendo; entonces sus ojos se iluminaron. "Aquí está, creo que es esto: un

Archaeopteryx". Ella lo escribió, luego hizo clic en la palabra y presionó Enter.

Jason llegó a su lado del escritorio, y en poco tiempo tuvo varias imágenes de la criatura, que se decía que había vivido hasta la época Mesozoica. Se pensaba que era una especie de "punto medio": un poco de pájaro, y un poco de dinosaurio, aunque más el último que el primero.

Kate se sentó en su silla y sostuvo la foto del espécimen hasta la pantalla. "Hay algunas diferencias definidas, pero supongo que es una señal muy cercana".

"Tendría que estar de acuerdo", respondió Jason. "Te das cuenta de que necesitas consultar con otros médicos. Quiero decir, estás obligada a hacerlo".

Kate asintió pensativamente. "Sí, pero me inclino a mantener la mayor parte de la información para nosotros. Quiero decir, seamos francos, esto podría ser grande. Voy a mencionarlo en la conferencia, pero estoy guardando todos los detalles de la mezcla por ahora. Si este es un nuevo hallazgo, quiero estar involucrada, como estoy segura que tú también".

Los dos continuaron mirando fijamente la pantalla por un rato más, entonces Kate levantó el receptor a su teléfono de escritorio. "Martha, ¿puedes ubicarme a Harold Kreiger, por favor?"

CAPÍTULO 6

Sam yacía en su cama con los ojos cerrados. Había estado despierto durante unos diez minutos, pero tenía una gran resaca. Aún tenía su ropa puesta y ya había deducido que no solo estaba encima de las sábanas, sino que también tenía la cabeza al pie de la cama.

Estaba pensando en meterse a la ducha y hacer un poco de café. Deseaba tener algo del café que había probado en Brasil; se despertaría en poco tiempo si lo tuviera. Fue entonces cuando recordó a Rico y... al pájaro.

Sam se sentó rápidamente y sacudió la cabeza de un lado a otro, tratando de sacudir los pensamientos de su amigo muerto. Reposó la cabeza sobre sus manos y contuvo la respiración; no quería pensar en Rico en absoluto. Toda la situación había traumatizado a Sam más allá de las palabras.

De repente, el teléfono en su mesita de noche sonó tan fuerte que parecía casi vicioso. Se estremeció dolorosamente y agarró el auricular. El sonido se apagó de inmediato.

"Habla Sam Daniels", dijo, con los ojos entornados por el dolor de cabeza.

"Señor Daniels, le habla la doctora Beck de la universidad".

Ahora los ojos de Sam sí se abrieron y estaba despierto. "¡Sí! ¡Doctora Beck! Buenos días".

"Buenos días", respondió. Parecía enfermo, o al menos con mucha resaca. La doctora estaba dispuesta a apostar que la última opción era la acertada. Ella se emborracharía también, si hubiera visto lo que él afirmaba haber presenciado. "Estaba llamando para hacerle saber que he organizado una reunión para las once de esta mañana con el Dr. Harold Kreiger. Él es de nuestro departamento de paleontología. Pensé que debíamos asistir juntos; después de todo, esta fue su experiencia".

"Claro". Sam se puso de pie y trató de desabotonarse los pantalones mientras sostenía el auricular en la cabeza con el hombro. "Entonces, ¿nos encontramos en ese departamento un poco antes de la reunión?"

Kate pensó por un momento. En realidad, pensaba que estuviésemos en mi oficina alrededor de las diez y cuarto. Hay algunas cosas que creo que deberíamos discutir, algunas teorías y otras cosas.

"Bien, bien". Sam cayó de nuevo sobre su colchón, con los pies en el aire mientras trataba de liberar sus piernas de los pantalones. "La veré a las diez y cuarto en su oficina".

"Nos vemos entonces".

Finalizó la llamada. Sam miró el reloj de su mesita de noche: las ocho y media. Corrió hacia la cocina con su ropa interior y rápidamente preparó una taza de café antes de saltar a la ducha. No llegaría ni a la esquina sin una buena carga de cafeína.

∞

A las nueve estaba bebiendo su café y poniendo los artículos que había impreso en una carpeta de manila que llevaría con él. Se aseguró de imprimir copias de la foto más nítida del pájaro para que todos pudieran tener una, de ser necesario. También se obligó a comer un muffin inglés. Algo tenía que absorber el alcohol que había bebido.

A las nueve y cuarenta y cinco, Sam estaba en la I-5 rumbo a su reunión con la Dra. Beck. El tráfico no estaba mal, aunque estaba corriendo más lentamente de lo que le hubiera gustado. Se encontró pensando en Kate Beck mientras conducía. Recordó su mano en su brazo y su estómago volvió a reaccionar de la misma forma.

No solo era una mujer inteligente, sino que también era muy hermosa.

Pensó en su cabello, tan negro como la noche. Lo echaba hacia atrás mientras hablaba con él aquel día, dejando algunos mechones colgando de sus sienes. ¡Sus ojos! Tan verdes como esmeraldas, y tentadores.

Sam se dio cuenta de que estaba sonriendo como un tonto. Bajó la mano y encendió la radio. Pronto estaría allí, y lo último que quería era desmayarse como un adolescente en su presencia. El asunto a tratar era importante. No había tiempo para flirteos y fantasías.

Terminó estacionando su coche fuera del departamento de zoología a las diez y diecisiete. Odiaba llegar tarde, así que agarró su bolso y entró corriendo al edificio. La recepcionista alzó la vista cuando lo sintió entrar por la puerta.

"Hola, señor Daniels", le saludó. "La Dra. Beck lo está esperando. ¿Recuerda el camino?"

"Sí, gracias". Miró la placa de nombre en el escritorio. "Ya voy, Martha".

Ella sonrió y volvió a sus tareas. Sam siguió la ruta que lo llevaría a la oficina de Kate Beck, y pronto se encontró golpeando a su puerta.

"¿Sí?". Oyó su voz claramente. "Pase, por favor".

Sam giró la manilla y abrió la puerta lo suficiente para que ella pudiera ver que era él. Ella sonrió ampliamente y se levantó con la mano extendida. "Buenos días, señor

Daniels". Me alegra que haya llegado un poco temprano. "Hay algunos puntos que pensé que debíamos cubrir antes de dirigirnos a la oficina del Dr. Kreiger, si le parece bien".

Sam asintió y se quedó allí torpemente. "Tome asiento, por favor". Kate hizo un gesto hacia la silla que había utilizado el día anterior, luego se sentó en su propio escritorio. "Entonces, después de que se fue mi ayudante y yo investigamos un poco, y pensamos que la criatura en cuestión puede ser realmente prehistórica. De ahí la cita con un paleontólogo".

Los ojos de Sam se iluminaron. "¡He hecho algunas investigaciones también!". abrió la bolsa y sacó el archivo de manila. "Se parece mucho a un arco... archae...". Él estaba intentando conseguir la palabra entre los papeles.

"¿Archaeopteryx?". Kate terminó por él.

Sam dejó escapar un gran suspiro de alivio, y se sonrojó al ver su propio tanteo verbal. "Sí. Gracias".

Ella sonrió y asintió con la cabeza, lo que hizo que se le erizara la piel. Wow, ¿acaso no es hermosa? Se sentía como un idiota en su presencia.

"Encontramos lo mismo, pero el espécimen que fotografiaste parece haber evolucionado de forma un poco diferente, a menos que esa haya sido la verdadera apariencia del archeopteryx y hayamos estado un poco equivocados durante siglos", dijo.

Sam rió nerviosamente, y Kate continuó. "Con todo eso dicho, mi asistente, Jason Seward, se unirá a nosotros en la reunión. Es mejor con las cosas de naturaleza prehistórica".

Ahora se movió un poco y la sonrisa desapareció de su rostro. "No sé cómo se sentirá usted por esto, pero supongo que le interesa averiguar todo al respecto, no solo por su amigo que murió, sino también por el reconocimiento que obtendría por el descubrimiento".

Sam pensó por un momento. "Sí, se trata de Rico, pero si además es una especie nueva y desconocida, otros necesitan saber sobre ella".

"Sabes que recibirías crédito por el descubrimiento, ¿verdad?"

Sam se encogió de hombros y se quedó quieto.

Kate continuó. "Estoy interesada en el descubrimiento por esas razones principalmente, y estoy más que dispuesta a ayudarle en lo que sea necesario, pero siento firmemente que tenemos que mantener los detalles para nosotros mismos, como la ubicación. En este negocio, la gente puede ser bastante engañosa. No quiere que nadie le robe el descubrimiento".

Sam lo pensó. "No, por supuesto que no".

"Así que", dijo, con una sonrisa de nuevo en su rostro. "Es probable que sea necesario viajar de regreso a la ubicación. La captura del espécimen será muy importante si vamos a estudiarlo en profundidad. Mi asistente y yo estamos ansiosos de ser parte de esto contigo, si le parece bien".

Ahora la mente de Sam comenzó a imaginar. Eso significaba que llegaría a viajar con esta bella mujer. Él llegaría a conocerla, y viceversa. Pasar tiempo con ella era todo lo que estaba pensando.

"Absolutamente, Dra. Beck", respondió.

Kate se levantó, con una amplia sonrisa en su rostro. "Puedes llamarme Kate. Voy a buscar a Jason y nos dirigiremos a la oficina del Dr. Kreiger. Vuelvo enseguida".

Kate salió de la habitación y cerró la puerta detrás de ella, dejando a Sam con sus pensamientos de enamorado. Cuando él estaba a su alrededor, parecía que no podía pensar en otra cosa; ni en el pájaro, ni en la fama y la fortuna, y ni siquiera en el pobre Rico y su esposa embarazada. Era lo menos que podía hacer. Encontrar al pájaro y obtener información concreta, incluso si era distraído por una ornitóloga hermosa.

Esperó allí en su oficina, sumamente inquieto. Pasó por su bolsa sin ninguna razón. Luego caminó y miró la variedad de cosas que tenía en un tablón de anuncios, ninguna de las cuales tenía sentido para él. Tenía un pequeño reproductor de discos compactos y una pila de discos, que él observó. Le hicieron sonreír, le gustaba el metal pesado.

Estaba empezando a mirar los libros de una estantería, que parecían demasiado avanzados para que él los entendiera, cuando Kate y su asistente regresaron. "Sam Daniels, este es mi asistente, Jason Seward. Jason, Sam Daniels".

Los ojos de Jason se iluminaron y él ofreció su mano, que Sam aceptó. Había estado preocupado cuando le dijo que su ayudante era un hombre, pero este tipo era solo un niño, tal vez de veintidós años, posiblemente más joven. Sam se sintió aliviado.

"Es un placer conocerte, Jason". Los hombres se dieron la mano y luego Sam retrocedió.

Jason dijo: "Qué emocionante para ti, encontrar este espécimen, quiero decir".

Sam respiró hondo. "Supongo que en cierto modo. Pero la manera en que fue descubierto no resultó demasiado agradable, podría añadir".

El rostro de Jason se puso serio. "Por supuesto. Entiendo. Siento lo de tu guía".

Sam asintió con la cabeza y Kate interrumpió. "¿Estamos listos caballeros? Traigan cualquier cosa con ustedes que deseen compartir o discutir. El Dr. Kreiger estará interesado en lo que sea".

Agarró un archivo y Sam se puso la bolsa en el hombro. Los tres se marcharon para dirigirse al departamento de paleontología. Mientras caminaban, Sam tomó parte de la emoción eléctrica que tanto Kate como Jason emanaban. Él asumió que algo como esto era absolutamente emocionante para la gente en su profesión.

Se alegró de no estar solo en este viaje. No sabía los pasos a seguir, pero Kate le hizo sentirse cómodo. Él estaba muy agradecido de que ella accediera a ayudarlo.

Al menos tendría la oportunidad de conocerla mejor, y quizás algo más.

Pluma de Sangre - El Despertar

CAPÍTULO 7

"Entonces, Katie, ¿qué tienes para mí hoy, amor?". El Dr. Harold Kreiger habló con un humor ligero y burlón. Era un hombre corto y redondo, un poco calvo. Sus ojos azules eran inteligentes y juguetones.

Kate hizo las presentaciones y todos tomaron asiento en una mesa de conferencia. En medio de la mesa había una jarra de agua, una olla de café, azúcar, crema, palitos y una pila de tazas. El Dr. Kreiger los animó a servirse a sí mismos. Luego se recostó, con los ojos fijos en Kate.

"Realmente no me diste mucha información, así que necesitaré más detalles. Quieres ver si puedo ayudar a identificar un descubrimiento. Eso es todo lo que me dijiste", dijo Kreiger. Se sentó y esperó.

Kate respondió. "Bueno, Harold, Sam es un fotógrafo de vida silvestre. En uno de sus últimos viajes, él y su guía encontraron lo que parece ser un pájaro de origen desconocido". Abrió su carpeta y retiró una copia de la foto, que entregó a Kreiger. Se sentaron en silencio mientras él la recogía y la observaba.

El rostro de Kreiger cambió dramáticamente en los siguientes segundos. Su sonrisa se desvaneció y frunció su ceño. Él entrecerró los ojos y se inclinó más cerca de la foto. Cuando se sentó, casi parecía estar en estado de shock.

Miró a Sam. "¿Tomaste esta foto? ¿Cuándo?"

"La semana pasada", respondió nerviosamente Sam.

"¿Dónde estaba esto?"

Kate habló. Tocando la pierna de Sam para detenerlo. "¿Sabes lo que es, Harold? ¿Tienes teorías?"

Si Kreiger se percató o no de su distracción, no lo dejó ver. Miró a Kate y se aclaró la garganta. "Para decirte la verdad, creo que es probable que sea de naturaleza prehistórica, pero eso es imposible ahora, ¿no?"

Kate sonrió. "Los tres hemos hecho un poco de investigación, y esa fue nuestra conclusión también. ¿Por qué crees que te llamé, Harold?"

Kreiger sonrió levemente. "Por supuesto. Ciertamente no sería por un capricho, siendo tú una persona tan concienzuda, Kate".

Volvió su atención a la foto, luego continuó. "Se asemeja al Archaeopteryx, o por lo menos hasta donde podemos ver por los fósiles de las especies que se han encontrado. Obviamente la ciencia moderna nunca lo ha visto. Sin embargo, los crecimientos de la falange son un poco diferentes de los de los Archaeopteryx fosilizados. Parecen estar no solo conectados en la punta del ala, sino también en el pecho de la criatura".

Sam habló. "Las manos, o lo que sean, son mucho más grandes que las de tu pájaro dinosaurio".

Kreiger asintió con la cabeza. "Lo he notado", dijo. Respiró hondo y siguió sin levantar la vista de la foto. "En realidad son bastante enormes, para ser honesto. ¿La criatura se comportó con calma, o de una manera hostil? "

Sam rió en voz alta entonces. El doctor Kreiger lo miró confundido, lo que hizo que Kate hablara. "Señor. El guía de Daniels fue asesinado por ella".

El rostro de Kreiger parecía un poco golpeado, casi como si no creyera lo que estaba oyendo, pero confiaba en quienes le hablaban. "Lamento escuchar eso", dijo en voz baja. "¿Te molesta si pido más detalles?"

Sam tomó aire y miró a Kate, quien le dio un simple cabeceo y dijo, "Comienza con lo básico, Sam".

Respiró hondo y empezó a escoger sus palabras cuidadosamente para no divulgar demasiada información. Odiaría resbalarse, sobre todo cuando Kate Beck había sido tan clara en su oficina antes de que vinieran. Sam se aclaró la garganta y se movió en su silla.

"Mi guía era alguien que había estado conmigo en otras ocasiones, en realidad era un amigo".

Kreiger interrumpió. "Cuando dices «guía», supongo que estabas en un safari de algún tipo".

"No", respondió Sam lentamente, mirando a Kreiger a los ojos. "Yo estaba en medio de una asignación de mi trabajo. De cualquier forma, estábamos conduciendo a una nueva área, una con la que solo él parecía estar familiarizado. Fue entonces cuando escuchamos los gritos, y él se detuvo y aparcó el coche".

"(gritos)", preguntó Kreiger.

"Sonaba como una mujer que gritaba en el ju-, quiero decir, en el bosque". Sam casi se había deslizado, pero Kreiger no pareció notarlo, así que continuó. "Nos detuvimos a escuchar, y fue cuando el pájaro, o lo que sea, aterrizó en la capota del coche. Mi amigo lo estaba mirando, y para ser honesto parecía que la maldita cosa estaba... hipnotizándolo o algo así".

Kreiger asintió y esperó a que Sam continuara. "Parecía un poco espasmódico, casi como si no pudiera apartar la vista. Quería conseguir algunas fotos, ya que nunca había visto nada parecido en toda mi carrera, y fue entonces cuando se bajó del coche y se paró junto al capó. Él todavía estaba mirando la cosa a los ojos. De repente, esta criatura le calvó sus... dedos, o lo que sea, profundamente en su cuello, pinchó sus ojos de uno en uno con el pico, y luego voló con él. ¿Podrían por favor... excusarme?"

Sam se levantó y salió de la oficina para recuperarse. Kreiger miró a Kate y a Jason."¿Supongo que están interesados en encontrar esto de nuevo?"

"Estás en lo correcto", respondió Kate. "Pero no por las razones que tú puedes pensar. Más tarde encontraron el cuerpo de su guía; cualquier persona en la zona está en riesgo. La criatura necesita ser capturada y estudiada".

Kreiger se rió entre dientes. "Ciertamente no le haría daño a tu carrera descubrir una nueva especie, ¿verdad?"

Kate no respondió, así que Kreiger continuó. "Me gustaría estar involucrado, si eso es posible".

"Eso es algo que tendría que discutir con el señor Daniels", dijo. "Reunirnos contigo fue solo el primer paso. Los tres, y me refiero a Sam, Jason y yo, tendríamos que discutir nuestras opciones con más detalle. Dime, Harold, ¿por qué quieres participar? ¿Cuál sería tu motivo?"

"La ciencia, simple y llanamente", dijo.

Kate sabía que había algo más. Sí, hasta cierto punto podía entender que él quisiera participar por la ciencia, pero como el mismo Kreiger había dicho, un descubrimiento como el que estaban discutiendo significaría un gran negocio para cualquier persona en la ciencia. Sería un increíble hallazgo, y todos lo sabían.

Pero no estaba dispuesta a dejar que nadie le arrebatara esto de las manos, o a Sam, y eso era exactamente lo que iba a pasar. El fotógrafo traumatizado sería expulsado por completo.

Se levantó y le hizo un gesto a Jason para que hiciera lo mismo. "Creo que ya podemos cerrar esta conversación". Se acercó y recogió la foto de la mesa frente a Kreiger, que parecía un niño cuya madre solo le quitó su juguete favorito. "Lo discutiremos y volveremos luego". Gracias por vernos, Harold.

Ahora Kreiger se levantó y caminó alrededor de la mesa de conferencia para estrechar la mano de Kate. "Sería beneficioso tanto para ti como para el Sr. Daniels que alguien con conocimientos en paleontología los acompañara y estudiara con ustedes la criatura. Te lo digo, Kate, que esta cosa es de naturaleza prehistórica. Vas a tener tus manos llenas. Después de todo, eres una ornitóloga".

"Lo mantendré en mente, Harold". Kate le estrechó la mano, luego Jason y ella salieron de la habitación para buscar a Sam.

Kreiger observó cómo la puerta se cerraba tras ellos, con los brazos cruzados sobre el pecho. Al cabo de un momento se acercó al teléfono y cogió el auricular. Golpeó solo unos cuantos números antes de decir, "Roy, es Harry. ¿Puedes venir a la sala de conferencias? Tengo algo de lo que quiero hablarte. ¡Bien! Te veré en un rato".

Colgó el teléfono y luego se sentó en su lugar a la cabeza de la mesa de conferencias.

Apretó los dedos y apoyó la barbilla en ellos. Se sentía emocionado. Todos sus años de estudio y trabajo duro, toda su dedicación a su ciencia, y de pronto una especialista en aves y un fotógrafo aparecen con el mayor descubrimiento en la historia del mundo, desde el principio de la humanidad. Lo enfureció, y no iba a dejar que esta oportunidad se desperdiciara en gente a la que no podía importarle una mierda.

Pensó en Roy Hastings, el hombre en camino a verlo. Era otro paleontólogo, y Kreiger estaba seguro de que se sentiría de la misma manera. Él lo pondría al tanto de lo que había aprendido, y juntos se darían cuenta de cómo tener el control de este acontecimiento. A Kreiger no le importaba lo que tuvieran que hacer, estaba dispuesto a hacer cualquier cosa. Roy Hastings también lo estaría.

Incluso si tuvieran que caer en el robo, ellos serían los individuos que recibirían el reconocimiento por este hallazgo, él se encargaría de ello.

CAPÍTULO 8

Jason y Kate estaban junto a la puerta del baño de hombres en el departamento de paleontología. Sam estaba allí, y esperaban que saliera. Después de unos minutos más, el pomo de la puerta se giró y él emergió, su cabello se encontraba húmedo alrededor de las puntas, por las salpicaduras de agua en su rostro.

"Lo siento", dijo con timidez. Solo necesitaba un minuto.

Kate sonrió. "Está bien, Sam. Cualquier persona en su situación sería un desastre. Cualquiera". Los tres comenzaron a salir del edificio. "Creo que deberíamos hablar en mi oficina. Allí podemos comenzar a planear nuestro próximo paso". Ella puso la mano en su hombro. "Tenemos mucho que discutir".

"Yo diría", Jason intervino. "Para ser honesto, no puedo ver a Kreiger renunciar a esto fácilmente; de ninguna manera".

Cuando llegaron a la oficina de Kate, Sam estaba listo para que terminara el día. Esperaba que cualquier conversación que tuvieran fuese breve; podía sentir un desagradable dolor de cabeza. Se sentó en la silla frente al escritorio de Kate y la miró.

"¿Podemos hacer esto rápido? No me siento demasiado emocionado", dijo.

Kate estiró el brazo y le colocó el dorso de la mano en su frente. Esto le causó un hormigueo, y él notó su corazón latiendo más rápido por el contacto. "Claro, Sam. ¿Qué tal si decimos esto por ahora: no hables con nadie al respecto, ¿de acuerdo?"

Sam asintió, luego Kate continuó. "Podemos vernos de nuevo mañana. Eso nos dará a Jason y a mí algún tiempo para discutir y descubrir el siguiente paso. Puedo prometerle que alguien de paleontología, o cualquier otra persona, tratará de contactarte. No divulgues ninguna información".

"Comprendo", respondió Sam mientras se levantaba. "Sabes, puede que no sea un científico, pero ciertamente tengo mis propias razones para querer esto. Quiero decir, después de todo he pasado por tantas cosas, que siento que lo merezco, y tan cortés como era Kreiger, su actitud me dejó con un mal sabor en la boca".

Kate asintió, satisfecha con su respuesta. "No subestimes las cosas de las que él sería capaz para que esto tenga su nombre en todas partes".

"Perfecto", respondió Sam. Mira, me voy a casa. Necesito descansar un poco la cabeza. Nos vemos mañana".

"¿Qué tal las nueve de la mañana?", preguntó Kate.

Sam dio una media sonrisa. "Perfecto, los veo entonces". Con eso dejó su oficina.

Kate se sentó en su escritorio. "Jason, espero que estés consciente de que Kreiger no va a rendirse tan fácilmente como él quiere que pensemos. Vamos a tener que actuar rápido. Yo digo que nos dirijamos al lugar con Sam tan pronto como él se sienta preparado. ¿Qué piensas?"

Jason arqueó las cejas. "Creo que si no aprovechamos la oportunidad, lo lamentaremos. Casi puedo prometerte que Kreiger está tramando algo mientras hablamos".

Kate asintió y miró por la ventana. "Déjame pensar en ello. Voy a formular el mejor plan para la situación, y tenerlo listo para presentárselo a Sam en la mañana".

∞

Roy Hastings y Harold Kreiger acababan de discutir la situación. Al principio, Roy había sido un poco incrédulo cuando Kreiger le relató la historia, pero para el momento en que se informó por completo, sabía con seguridad que tenían la oportunidad de la vida caída en sus manos.

Estos dos tendrían que irse con cuidado si querían tener el crédito de este descubrimiento. El primer paso sería averiguar dónde había estado este personaje Sam Daniels cuando el pájaro se mostró, y por la forma en que Kreiger dijo que sus visitantes habían estado actuando, no iba a ser una tarea fácil. De hecho, Roy y Harold tienen que tomar algunas medidas penales para cambiar las cartas a su favor.

"Hubiese sido mejor que no te quitaran la maldita foto", dijo Hastings al final de la conversación.

Kreiger gruñó un poco. "No importa. Te digo que, a excepción del tamaño de las falanges y la forma y longitud del pico, esa cosa podría ser ciertamente un Arqueopteryx; o al menos está relacionado".

"¿Qué quieres hacer al respecto?", preguntó Hastings.

"Bueno", respondió Kreiger, "lo primero que tenemos que hacer es averiguar dónde estaba Daniels cuando lo descubrió".

"¿Cómo propones que hagamos eso?", preguntó Roy.

Kreiger sonrió y dejó ver una intención maliciosa. "Primero seremos amables al respecto. Trataremos de encontrarnos con él a solas, así que necesitamos averiguar dónde vive. Ese será el primer paso".

Harold Kreiger estaba seguro de que podían infiltrarse en todo esto y hacer que fuera suyo, y no le importaba quién se lastimara en el proceso.

∞

Sam abrió la puerta de su apartamento y entró. Tan pronto como cerró la puerta, se apoyó en ella con cansancio y soltó un gran suspiro de alivio. Apenas era mediodía, y ya quería que el día acabara.

Al cabo de un momento, se concentró en la puerta del apartamento. Puso su bolso en una silla y entró a la cocina. La verdad era que quería otra cerveza, pero no tenía intención de ponerse en la misma situación que estaba esta mañana: con resaca y muy emocional. No, no se prestará para eso.

Puso en el microondas su comida e inició el cronómetro, luego entró en la sala de estar y encendió la televisión. Estaban dando las noticias, y eso hizo que Sam se estremeciera, por lo que decidió cambiar de canal hasta que llegó a una repetición de Walker: Texas Ranger. Chuck Norris siempre le subía el ánimo.

El microondas sonó y fue a la cocina. Lo sacó y agitó las patatas, que todavía estaban congeladas en el medio, luego la colocó de nuevo y volvió a poner el cronómetro. Su estómago comenzó a rugir, ya estaba ansioso por comer.

Justo cuando empezó de nuevo el microondas sonó su teléfono.

Sam saltó, asustado, y miró la extensión que colgaba en la pared de la cocina. Pensó en responder, pero decidió no hacerlo. Se acercó al teléfono y miró la pantalla de identificación en la parte trasera del receptor. Era un número local, pero no lo reconocía. No, no hay respuesta esta vez, teleoperadores. Después de varios repiques se detuvo, y Sam puso el timbre en la posición de apagado.

Poco tiempo después su comida estaba lista, así que agarró la bandeja caliente del microondas y la llevó con cuidado a la sala de estar. La puso en la mesita y volvió a la cocina, tomó un vaso de leche, un tenedor y una servilleta. Comería, miraría un poco la televisión y luego tomaría una siesta tranquila; ese era su plan.

Acababa de sentarse antes de su comida cuando el teléfono sonó de nuevo, esta vez desde la habitación de la cama. "Grrr", dijo. Se sentó un minuto, planeando ignorarlo de nuevo, pero decidió contestarlo y terminar con ello. Volvió a la cocina y cogió el teléfono.

"¿Aló?", Sam gruñó.

¿Samuel Daniels? Era la voz de un hombre, una que no reconocía. Malditos teleoperadores.

"Así es", respondió él, su voz era menos que placentera. "¿A quién le estoy hablando?"

"Señor Daniels", habla el doctor Roy Hastings, respondió el hombre. "Soy un paleontólogo de la universidad y socio del Dr. Kreiger. ¿Tengo entendido que lo conoció hoy, le habló respecto a un descubrimiento reciente?"

Sam cerró los ojos y sacudió la cabeza. Esa Kate estaba en lo correcto. Apenas había estado en casa veinte minutos y ya el teléfono empezó a sonar. ¡Dios!

"Sí, tuve una reunión con Kreiger hoy, pero no tengo tiempo para hablar contigo ahora".

Hastings se aclaró la garganta. "Señor Daniels, si pudiera darme un minuto de su tiempo..."

"Mira", dijo bruscamente, "Ahora no es un buen momento, ¿de acuerdo? Gracias, pero no".

Colgó y luego entró a su habitación, y silenció el teléfono junto a su cama. Luego sacó su celular del bolso en la sala de estar e hizo lo mismo. ¿Cómo es que ya esos tipos han conseguido su número? Entonces empezó a preguntarse si Kate se lo había dado. Decidió llamarla y averiguarlo. Tomó su celular y la llamó.

"Hola, Kate Beck", le dijo ella.

"Um, Kate, habla Sam Daniels", dijo. "Perdón por molestarte. Acabo de recibir una llamada de un tal Dr. Roy Hacket, no, Hastings. Roy Hastings. Solo llevo un tiempo en casa y me preguntaba si se lo habrías dado".

Kate se quedó quieta por un momento, luego su voz tranquila dijo: "Hola, Sam, espero que te sientas mejor, y no, no le di tu número a nadie". Como he dicho, no se van a ir tan fácilmente.

"¿Qué debería hacer?", preguntó, la frustración se sentía en su voz.

Kate suspiró, fumando silenciosamente en el otro extremo. "No respondas si llaman por ahora. Haré una llamada a Kreiger o a Hastings, probablemente a ambos".

"Gracias", dijo. "Voy a comer y coger algunos zees. Te veré por la mañana".

"Nos vemos entonces", respondió Kate, luego se desconectaron.

Sam volvió a su comida ahora fría y gimió. Se la comió bastante rápido, luego se recostó en el sofá con una manta que su madre le había hecho cuando estaba en la universidad. A los pocos minutos ya estaba dormido, la televisión zumbaba hipnóticamente en el fondo.

∞

Kate colgó el teléfono después de hablar con Sam y se puso de pie enojada ante su escritorio. Sabía que Kreiger no se daría por vencido fácilmente. Probablemente no debió haberse dirigido a él para hablar sobre el pájaro, o lo que fuera esa cosa, pero la verdad es que si alguien hubiera tenido una idea de qué especie sería, habría sido él. Se alegró de que Sam hubiera elegido llamarla en lugar de aceptar hablar con Roy Hastings.

Se quitó la bata blanca de laboratorio y la colgó en un gancho de madera junto a la puerta de la oficina. Iba a tener que mostrar un poco de carácter a los chicos de paleontología. No iban a desaparecer, y si ellos estuvieran tan dedicados a la ciencia como ella, podría esperar una carga de comportamiento furtivo y complaciente de su parte. Cualquier muestra de carácter que les mostrara solo serviría para hacerles saber que no iba a dejar que ellos pisotearan a Sam o a ella, necesitaban saber que tomaría las medidas necesarias para asegurar que el descubrimiento permaneciera en las manos legítimas de Sam.

Salió de su despacho y caminó por el pasillo hasta el laboratorio. Jason estaba dentro tomando apuntes en su portapapeles. Kate abrió la puerta y saludó a Jason.

"Entonces, ¿cómo están los niños?", Ella preguntó en un tono directo, sin ninguna tontería vertiginosa en su voz.

Jason reconoció la rigidez y abruptamente la miró desde su puesto. "Están bien. ¿Qué pasa?"

Kate se apoyó en una de las estaciones de laboratorio y se burló. "Acabo de recibir una llamada de Sam Daniels. Roy Hastings lo llamó en el departamento de Kreiger".

"Ah", respondió Jason mientras volvía a escribir sus notas. Terminó, cerró la pluma y la guardó en el bolsillo. "Esperábamos algo así, ¿o no, Kate?"

"Sí, pero no esperaba que fueran tan rápidos para lanzarse encima", dijo. "Voy a ir a paleontología a hablar seriamente con Kreiger".

Jason puso el portapapeles en su escritorio y caminó hacia donde estaba Kate. "¿Crees que te servirá de algo?".

Kate se encogió de hombros. "No creo, pero necesitan saber que no vamos a dejar que hagan lo que quieran". Voy a crearles un problema que nunca olvidarán si no lo dejan ir.

"Teniendo en cuenta que este... pájaro parece tener una apariencia extremadamente 'prehistórica', probablemente piensen que eres tú quien les pisa los talones", respondió Jason. "¿Quieres que vaya contigo?"

"No", respondió mientras enderezaba su postura. "Puedo manejarlo. Sabes, me doy cuenta de que este hallazgo es beneficioso para la carrera de la persona involucrada, pero espero que entiendas que quiero que se maneje correctamente. Si esta cosa es tan peligrosa como Sam describe entonces la situación tiene que ser manejada con cautela, por la seguridad de todos. Kreiger estaría dispuesto a renunciar a todas las medidas de seguridad solo para obtener su nombre impreso".

"Mira, Kate", dijo Jason, "sé que eres bastante impulsiva, pero también creo que quieres lo mejor para todos. Haz lo que tengas que con respecto a Kreiger, pero mantén la calma si estás preocupada por los aspectos éticos de la situación".

Kate sonrió y dio un abrazo a Jason. "Ya que estamos siendo muy honestos, probablemente debo decirte que estoy tan emocionada que apenas puedo respirar".

Jason sacudió la cabeza y sonrió ampliamente. "Entonces, ¿es el pájaro y solo el pájaro el que te tiene así de emocionada, o también hay algo de emoción por tu nuevo amigo, el señor Daniels?"

El rubor subió por sus mejillas. Le dio un puñetazo al brazo izquierdo de Jason y le dijo: "Sabes que no me gusta mezclar negocios con placer".

"Hmmm", observó. "Por las miradas que le has estado echando, estaría dispuesto a apostar que has considerado hacer una excepción a la regla".

Kate se dirigió a la puerta del laboratorio. "Esto es sobre el descubrimiento, y eso es todo, Jason. Voy a ir a ver a Kreiger ahora. Si no regreso en una hora, envía ayuda".

Con eso salió del laboratorio, con una sonrisa en su rostro a pesar de la ira que sentía. Bien, Jason había hecho un comentario acertado: ciertamente encontró a Sam Daniels atractivo. Bueno, tal vez más que atractivo; él era sumamente sexy, pero esto no era acerca de su vida amorosa.

"Martha", dijo mientras se acercaba a la recepcionista. "Voy a salir por un corto tiempo. Necesito ver de nuevo a Kreiger. Por favor, asegúrese de que reciba mis mensajes, ¿de acuerdo?"

La mujer mayor sonrió. "Claro", Dra. Beck.

Salió de su edificio a la luz del sol. Levantó la cara para absorber tantos rayos como pudo. Después de todo, era Washington; ¿quién sabía cuándo sacaría la cabeza de detrás de las nubes otra vez?

CAPÍTULO 9

"Bueno, Roy, no esperaba que se preparara tan bien", dijo Kreiger al hombre sentado al otro lado de la mesa. "Estoy seguro de que nuestra Dra. Beck lo ha estado entrenando. Eludieron mis preguntas sobre la ubicación con mucho éxito".

"Entonces, ¿qué propones que hagamos, Harold?". Hastings estaba sentado cómodamente, con las piernas casualmente cruzadas y las manos apoyadas en su regazo.

Kreiger se puso de pie y empezó a caminar; moverse siempre le ayudaba a pensar con más claridad. "Bueno, ciertamente no vamos a rendirnos. Supongo que dondequiera que la cosa haya sido encontrada, Kate lo llevará al lugar. Ellos tratarán de asegurar el descubrimiento pronto. No tenemos tiempo que perder".

"¿Deberíamos estar vigilándola?", preguntó Hastings. "Estoy seguro de que ella será la encargada de hacer los planes del viaje. La universidad pagaría por ello bajo esas circunstancias. Un simple investigador personal nos permitirá averiguar cualquier viaje que ella planee hacer".

"Buena idea", dijo Kreiger. "Debemos empezar de inmediato".

Su intercomunicador de oficina sonó mientras cobraba vida. "Dr. Kreiger, Kate Beck está aquí para verlo".

Kreiger levantó las cejas y miró a Hastings, que también lucía una mirada de auténtica sorpresa. "Mándala a pasar, Amelia, y gracias".

"¿De qué crees que se trata?", preguntó Hastings.

Kreiger se sentó en su silla de escritorio, con una mirada divertida en su rostro. "Me encantaría pensar que ella viene a decirnos que cambió de opinión, pero probablemente va a amonestarnos por llamar a Daniels. Como he dicho, ella lo ha entrenado, estoy seguro".

Hubo un fuerte golpe en la puerta, y antes de que Kreiger pudiera ofrecer su entrada, Kate giró la perilla y entró. "Hola caballeros. ¡Dr. Hastings, es un gusto verle aquí! "

Hastings balanceó su peso nerviosamente en la silla. Él nunca había sido bueno para las confrontaciones, aunque Kreiger parecía prosperar en estas. Le ofreció una débil sonrisa en su lugar.

"¿Qué puedo hacer por ti, Kate?", preguntó Kreiger. "¿Has venido a decirme que has cambiado de opinión?"

Kate sonrió y se quedó detrás de la silla vacía junto a Hastings, con las manos en la espalda. "¿No sería eso agradable para ti? Pero estoy segura de que sabes que no es el caso".

"¿Y qué necesitas entonces?"

Kate se aclaró la garganta y sostuvo los ojos de Kreiger. "He venido a hablar contigo de lo inapropiado y poco ético que fue de tu parte reclutar a Hastings en tu plan para descubrir la localización del hallazgo de Daniels".

"¿Por qué haría algo así?". Trató de parecer genuinamente confundido, pero Kate no se lo tragó.

Deberías saber, Dr. Kreiger, que nuestros planes para el viaje ya están hechos", mintió Kate. Si molestas al señor Daniels de nuevo, te reportaré a la junta escolar. Vine a pedirte ayuda, no para convertirte en un obstáculo en nuestro camino. Como un científico compañero espero tu apoyo y aliento, no un hurto profesional".

Kreiger soltó una sonora carcajada y se inclinó hacia delante, apoyando los codos en el escritorio. Cuando su risa se calmó, él la miró a los ojos. "Kate, sabes que nunca pisaría los talones de un compañero de trabajo. Solo pensaba que podríamos ser de gran ayuda, especialmente con el origen de esta... cosa. Tienes que estar de acuerdo en que pertenece mucho más a mi terreno que al tuyo".

Kate estaba disgustada de haber confiado en Kreiger, y estaba aún más sorprendida de lo fácil que a él se le escapaban las mentiras de los labios. Ella negó con la cabeza y continuó. "Si no fueras tan arrogante y rudamente persistente, tendrías una oportunidad mucho mayor de ser incluido".

La habitación entró en un silencio incómodo antes de que Kreiger dijera: "Bien, Kate. Si eres tan insistente lo dejaré, y mejor aún: te desearé a ti y al señor Daniels la mejor de las suertes".

Kate estudió su rostro y, aunque parecía genuino, sus ojos lo entregaron. "Gracias, Harold", dijo ella, luego giró sobre sus talones y abandonó abruptamente el despacho.

Kreiger se levantó y cruzó la habitación hacia la puerta. La abrió y se asomó para ver a Kate caminando por el pasillo para marcharse. Cerró la puerta y se volvió hacia Hastings. "Sí, Roy. Consulta las aerolíneas y comprueba si se ha comprado algún billete en la cuenta de la empresa. Si no es así, sigue revisando". Se sentó en su escritorio. "Creo que deberíamos mandar a una marioneta, ya sabes, alguien que se haga amigo de nuestro Sam Daniels".

Hastings se levantó y se ajustó los pantalones. "Seguro. De hecho, tengo un par de ideas. Seguiremos en contacto".

Roy Hastings dejó la oficina de Kreiger. Kreiger se sentó en su escritorio mirando a la puerta y pensando. Iba a averiguar dónde había sido descubierta esta criatura así fuera la última cosa que hiciera.

∞

Sam se despertó con un sobresalto. Al principio estaba confundido acerca de dónde estaba, pero en solo un momento recordó estar acostado en su sofá. Miró su reloj y vio que eran solo las seis de la tarde, así que se sentó y se estiró un poco antes de entrar en la cocina.

Abrió la nevera y vio una caja de tacos con un par de duras conchas que había guardado. Los sacó y se paró en el mostrador, comiéndolos, y luego tomado un trago de leche. Sam eructó satisfecho y volvió a la sala de estar.

Recordó entonces que había apagado todos sus teléfonos. Observó su celular en la mesa del final junto al sofá, así que lo agarró y miró la pantalla: sin llamadas perdidas. Luego encendió los dos teléfonos de la casa antes de regresar al sofá y echarse de espaldas.

Su dolor de cabeza había desaparecido, por lo que subió ligeramente el volumen de la televisión. El canal estaba mostrando algún tipo de reality show con gente haciendo ofertas por unidades de almacenamiento. No tenía ningún deseo de ver tal basura, así que se dirigió al canal Planet Geographic y se instaló.

Sam se encontró recordando la llamada que había recibido de ese sujeto de la universidad justo antes, y sacudió la cabeza ante el recuerdo. Kate tenía razón. Creía que tendría que ser muy cuidadoso. No quería arruinar nada.

Kate. Su cara flotó detrás de sus ojos cerrados y le hizo sonreír. Había estado tan ocupado con su carrera que no había tenido tiempo de trabajar en una relación personal de ningún tipo. De hecho, ni siquiera había pensado en ello. Entonces, de repente, estaba Kate Beck, y se encontró preguntándose si ella pensaría en él. Se encontró pensando si podría involucrarse en una relación. Podría ser perfecto con un profesional como él. Ambos estarían trabajando en sus carreras, y ninguno se sentiría decepcionado por el trabajo del otro. Esperaba poder conocerla mejor, y este «pájaro», o lo que fuera, era el rompehielos ideal.

Se quedó dormido al poco tiempo, con Kate Beck protagonizando sus sueños.

CAPÍTULO 10

Kate Beck salió de su departamento antes de lo habitual. Eran las cinco y media de la mañana y su reunión con Sam no era hasta las nueve, pero quería pasar algún tiempo con los animales, sus "bebés". Las cosas habían estado tan agitadas desde que Sam Daniels entró en su vida, solo hace un par de días, que se sentía como si estuviera fuera de contacto con las pruebas y el trabajo de laboratorio que estaba comprometida.

Usó su llave para entrar por la puerta principal y, después de entrar, la cerró detrás de ella y la aseguró. Todavía estaba oscuro afuera, y ella conocía los riesgos de que alguien, especialmente una mujer, estuviera sola a esta hora en Seattle. Más vale prevenir que lamentar.

Las luces estaban apagadas en los pasillos principales, la única iluminación provenía de las luces nocturnas. El lugar siempre fue un poco espeluznante mientras estaba oscuro, y siempre se encontró caminando a un ritmo muy rápido para llegar a su oficina o al laboratorio durante esta hora del día. Sus nervios solían apoderarse de ella cuando estaba sola.

Entró en su despacho, dejó su maletín y se quitó la chaqueta para colocarse la bata de laboratorio. Inició la cafetera, que siempre preparaba con antelación la noche anterior, y cuando comenzó a prepararse el café, se sentó a la computadora para revisar su correo electrónico. Solo encontró unos cuantos memorandos relacionados a su departamento, por lo que se aseguró de leerlos a fondo antes de borrarlos.

Una vez que terminó de tomar el café, se sirvió otra taza de ese líquido negro, tomó las llaves y se dirigió al laboratorio. Las luces de la noche iluminaban bien la habitación, y ella podía ver que el laboratorio estaba en orden y limpio. Por eso amaba tener a Jason como asistente: no dejaba piedra sin mover y no tomaba atajos.

Una vez dentro, encendió las luces principales y se acercó al escritorio que usaba en el laboratorio; la oficina de Jason estaba en la parte trasera del laboratorio, y su puerta estaba cerrada, pero para sorpresa de Kate, la luz interior estaba encendida. Frunció el ceño con preocupación. ¿Ya estaba aquí? Ciertamente no era normal en él dejar las luces encendidas innecesariamente. Se acercó a la puerta y la golpeó un par de veces antes de girar la manilla. Para su sorpresa, la puerta se abrió.

Kate abrió la puerta y dio un paso hacia adentro cuando se dio cuenta de que la oficina de Jason había sido completamente saqueada. Todas las puertas de su archivador estaban abiertas, y los archivos que habían estado adentro estaban esparcidos por el suelo. Su escritorio era un desastre completo, con carpetas abiertas y papeles tirados por todas partes. Su computadora de escritorio estaba encendida, pero estaba en negro. En un ataque de pánico Kate corrió hacia esta y movió el ratón rápidamente; se encendió para mostrar su protector de pantalla, pero no había manera de saber si alguien había accedido a la unidad o no.

Sin pensarlo un instante, cogió el auricular del teléfono de su escritorio y marcó '9' antes de introducir con furia el número de celular de Jason. Su respiración era errática, y su corazón seguía palpitando bruscamente mientras escuchaba el teléfono repicar en su oído.

"¿Hola?". Era la voz de Jason, y evidentemente aún estaba dormido.

"Jason". Kate comenzó, con su voz enojada y aguda. "¿Dejaste tu oficina completamente demolida? Es un desastre".

Su voz todavía estaba aturdida cuando contestó, y ella pudo notar que estaba tratando de averiguar con quién estaba hablando. "¿Quién es? ¿Qué oficina?"

Kate respiró hondo, y habló de nuevo. "Jason, es Kate. Llegué temprano hoy, ¿Recuerdas que te dije que iba a hacerlo? "

"Oh, hola, Kate. Buen día".

Kate cerró los ojos en un esfuerzo por controlar su temperamento. "No, Jason, no es un buen día. Cuando entré en el laboratorio, la luz estaba encendida en tu oficina, la puerta estaba desbloqueada y todos sus archivos habían sido saqueados".

No respondió de inmediato, y Kate supo que estaba tratando de aclarar su cabeza y entender lo que estaba diciendo. Finalmente habló, su voz un poco más consciente. "¿Mi oficina?"

"Sí", dijo Kate. "Sí, Jason". Tu oficina.

De pronto pareció que estaba totalmente despierto. ¿Qué? Estaré allí dentro de media hora. El teléfono se quedó muerto en sus manos y Kate miró el auricular sin poder nada más antes de regresarlo a su lugar.

Miró alrededor de la habitación una última vez. No le haría ningún bien husmear; no tenía ni idea de lo que él tenía ahí o de lo que le faltaba. Decidió que iba a verificar, alimentar a los animales y registrar las estadísticas necesarias hasta que llegara.

Era difícil para ella mantener su mente en esas tareas. Siguió mirando el reloj de la pared, y tres veces derramó comida en el suelo mientras hacía su trabajo. La tarea se habría terminado típicamente en treinta minutos exactos, pero cuando Jason vino corriendo abajo del pasillo al laboratorio apenas sobre la media hora, ella no iba ni por la mitad de su trabajo.

"¿Qué demonios está pasando, Kate?". Jason tenía los ojos muy abiertos, y obviamente estaba enojado.

Kate dejó el portapapeles, aliviada de que estuviera aquí. Mientras cruzaban el laboratorio para llegar a su oficina, todo lo que dijo fue: "Ya verás".

El entró en la oficina primero, y dio un solo paso antes de detenerse, con la boca abierta y los ojos en llamas. "¡Qué diablos!"

"Te lo dije, Jason.". Se paró en la puerta y lo miró mientras se arrodillaba y se arrastraba entre el lío de papeles que había en el suelo. ¿Quién se atrevería a hacer algo así?

Kate ya había pensado en eso. No había nada con respecto a sus estudios que pudiera provocar este tipo de ofensa. Su estudio estaba fuera de discusión. Definitivamente era otra cosa.

"A menos que estés drogándote y le debas a tu distribuidor, lo más probable es que esto tenga que ver con Sam Daniels y el pájaro", dijo ella con toda naturalidad. "¿Qué tenías aquí con respecto a eso?"

Jason se puso de pie y se volvió hacia ella, con el rostro rojo de furia. "Tenía una carpeta sencilla de manila. Tenía un ejemplar de la foto que me había regalado y tenía tres hojas de notas escritas a mano que había tomado durante nuestras reuniones sobre el asunto".

Kate cerró los ojos y sacudió la cabeza. "Dónde estaba... ¿En el archivo?"

Jason inmediatamente se acercó a su escritorio y empezó a revisar el desorden de papeles que lo cubría. "No. Estaba en mi escritorio".

Empezó a tirar papeles y carpetas aquí y allá, mirando a todos y cada uno, pero ambos sabían, incluso antes de que terminara, que el archivo no iba a aparecer. Jason se dejó caer pesadamente en su silla de escritorio y puso su cabeza en sus manos. Parecía como si quisiera llorar.

Kate tiró de la silla de enfrente de él más cerca del escritorio y se sentó. Ella extendió la mano y le dio unas palmaditas en el brazo. "Oye, deberíamos haberlo sabido. Deberíamos haber esperado que Kreiger llegara a estos extremos".

"Dios mío", respondió Jason, y su voz se quebró. "Yo ciertamente no lo hice".

Kate continuó acariciándole el brazo mientras intentaba calmarlo. No estaba enfadada con él. Toda esta nueva información significaba una cosa y solo una cosa: Kate, Sam y Jason tendrían que actuar rápido, casi inmediatamente.

"Jason, voy a llamar a Sam Daniels", comenzó ella. "Nos reuniríamos con él hoy para discutir los planes de viaje de todos modos; vamos a tener que irnos enseguida, en vez de este fin de semana". Miró alrededor de la oficina con disgusto y continuó. "Estaba planeando que vinieras con nosotros, pero ahora tendrás que quedarte aquí". No habrá tiempo para encontrar un estudiante de confianza para cuidar de los animales y el estudio; vas a tener que hacerlo tú mismo. Ten la seguridad de que no quedarás fuera de ningún crédito, ¿entiendes?"

Jason la miró y asintió, sus ojos húmedos de lágrimas.

"No estoy enojada, Jason. ¿Cómo diablos podrías haberlo sabido?". Ella sentía lástima por el joven que era tan organizado y meticuloso. Esto fue un golpe duro.

"Voy a mi oficina a llamar a Sam", continuó Kate. "Quédate aquí y arregla esta habitación. Estaré de regreso para terminar la alimentación matutina y las estadísticas, ¿de acuerdo?"

Jason asintió y se levantó de su escritorio. Se agachó y cogió una carpeta de archivo vacía, que vio con frustración antes de colocarla en su escritorio y agacharse para seguir revisando. Kate se levantó y salió corriendo del laboratorio a su oficina. En cuestión de minutos había marcado a Sam y estaba esperando que respondiera.

"Sam". Su voz era muy aturdida, y Kate sabía que lo había despertado.

"Sam, es Kate", comenzó. "Escucha, siento mucho haber molestado tu sueño tan temprano, pero tenemos un problema".

"¿Kate?", podía oírlo moverse. "¿Qué pasa, qué sucede?"

Kate cerró los ojos. ¿Cómo podía Kreiger haber hecho algo como esto? El inescrupuloso iba a pagar.

"Sí, Sam, tenemos un problema. No quiero discutirlo por teléfono. Jason y yo necesitamos que vengas a la universidad tan pronto como sea posible".

Sam tosió en el otro extremo. "Está bien, está bien. Estoy despierto. Me estoy moviendo. Voy a ducharme rápidamente y..."

"¡No!", respondió Kate, sentándose adelante en su escritorio, como para enfatizar. "Tienes que venir ya, Sam. Eso tendrá que esperar. Tienes que llegar lo antes posible".

Se quedó en silencio solo un momento antes de contestar, "Está bien, está bien, dame una media hora, cuarenta y cinco minutos más o menos, ¿de acuerdo?"

Aliviada, Kate estuvo de acuerdo. Ella le indicó que llamara a su teléfono celular cuando él llegara para que pudiera dejarlo entrar en el edificio, luego colgó el teléfono. Iría al laboratorio y terminaría el trabajo allí. Esperando que Sam ya se haya adelantado en llegar.

Tendrían que marcharse lo antes posible, o Kreiger iba a robarles todo en sus narices.

Harold Kreiger se sentó en el sofá de la biblioteca de su casa. Estaba bebiendo café y disfrutando de la tranquilidad antes de dirigirse a su oficina durante el día. Una sonrisa se dibujó en su rostro, y tarareaba suavemente para sí mismo. Iba a ser un buen día.

Movió su mano izquierda y comenzó a acariciar un artículo en el sofá a su lado: una carpeta de manila con las palabras "Sam Daniels", escrito en la pestaña en marcador negro. Su mano la acarició suavemente, como si fuera un amante. Puede que también haya estado en la mente de Kreiger.

Había sido mucho más fácil de lo que pensaba. Había un estudiante en una de sus clases magistrales, Kurt Strawn. Kurt venía de un ambiente pobre, pero le encantaba la paleontología; amaba todas las cosas relacionadas a los dinosaurios. Había entrado en la universidad con una beca, lo cual le era bueno porque sus padres no podían haberla pagado.

Lo que Kreiger sabía de Kurt era su pasado. Como adolescente, Kurt se había mezclado con la gente equivocada por un corto tiempo, y se las arregló para conseguir un par de cargos de allanamiento en su registro. Habían sido borrados, pero Kreiger había tomado al joven bajo su ala, y los detalles habían sido descritos abiertamente cuando Kurt llegó a conocer al hombre.

Había sido tan fácil. Le daría a Kurt mil dólares y una llave para el departamento de zoología, una llave universal. Kurt tenía el valor, y Kreiger suministró los medios. Tan solo una hora después de poner la llave en la mano del chico, Kreiger tenía su archivo.

Resultó ser demasiado fácil.

Kreiger se levantó y fue a la cocina, donde calentó su café antes de regresar a la biblioteca. Deseaba hacer un viaje desde hace tiempo, y al parecer estaba a punto de cumplir su deseo. No solo eso, iba a beneficiarlo a él en más de una forma.

Al parecer Harold Kreiger iría a la selva amazónica.

∞

Kate terminó su trabajo de laboratorio en menos tiempo de lo que esperaba, y decidió ayudar a Jason a terminar de ordenar su oficina. Los dos estaban ordenando papeles y poniéndolos en las carpetas apropiadas cuando su celular vibró fuertemente en el bolsillo de su bata de laboratorio.

"Debe ser Sam, Jason", dijo mientras se levantaba para irse. "Voy a dejarlo entrar. Estaré en mi oficina en quince minutos, ¿de acuerdo?"

Jason asintió con la cabeza, con una mirada fuerte de derrota en su rostro. Se acercó a él y le acarició suavemente la espalda. "No pasa nada, Jason. Está bien. Tienes que dejarlo ir".

Kate salió de la habitación y caminó rápidamente hacia el frente del edificio, donde encontró a Sam prácticamente saltando fuera de la puerta principal. Sacó las llaves de su bolsillo y rápidamente lo dejó entrar. Una vez dentro, cerró de inmediato.

"¿Qué demonios está pasando, Kate?". Sam sonaba confundido y frustrado, pero ¿quién no lo estaría?

Ella se volvió hacia él y lo tomó por el brazo para dirigirlo hacia su oficina. "Algo ha sucedido, pero no quiero hablar de ello hasta que estemos sanos y salvos en mi oficina". Ella lo condujo hasta la puerta, que tuvo que desbloquear. Jason se unirá a nosotros en un momento.

Sam se sentó. "¡Tienes café! Por favor, ¿puedo tomar un poco?"

"Absolutamente", contestó Kate. "¿Crema?"

Sam asintió con la cabeza. "¿Y qué pasa, Kate? ¿Qué pasó?"

Se volvió hacia él y le entregó una taza completa antes de sentarse en su escritorio. "Kreiger no pretende nada bueno, Sam, y me temo que puede haber conseguido lo que quería".

Sam bebió el café con avidez. "¿Qué quieres decir?"

Kate suspiró. "Llegué temprano hoy para hacer algún trabajo de laboratorio. La oficina de Jason había sido allanada, y un archivo con la foto del pájaro y las notas manuscritas que había tomado habían sido robados de su escritorio".

Sam miró a Kate con la boca abierta. "¿Quieres decir que entró y robó cosas?"

Kate asintió y se encogió de hombros. "Quiero decir, no puedo probar que era él, pero estoy dispuesta a apostar los ahorros de mi vida en ello, y no soy una mujer de apuestas".

En la puerta de la oficina de Kate se oyó un fuerte y rápido golpe. "Debe ser Jason", dijo. "¡Ven!"

Jason entró, con una expresión de desamparo en su rostro. Cogió una silla plegable de la esquina y la abrió junto a Sam, luego se sentó. Sam podía leer su cara, y sintió lástima por él. Podría decir que el pobre se estaba culpando lo ocurrido.

"De acuerdo, muchachos", comenzó Kate. "Desafortunadamente, ahora sabemos con lo que estamos lidiando cuando se trata de ese Kreiger. No hay razón para llorar por la leche derramada, pero necesitamos hacer un plan que nos permita actuar con rapidez. Creo que ya lo tengo".

"Dilo entonces", dijo Sam, mientas vació su taza de café y se puso de pie para tomar más.

Kate asintió con la cabeza. "De acuerdo entonces. Ahora Kreiger sabe dónde estabas cuando encontraste al animal. Te aseguro que sus ruedas ya están girando. Hay una cosa que creo que estará a nuestro favor".

"¿Qué podría ser eso?", preguntó Jason con un tono de disgusto.

Sam volvió a sentarse y Kate continuó. "Kreiger es mayor, y ha estado en la universidad por años y años, literalmente. Puedo asegurarte que no pagará por un vuelo de su propio bolsillo, sino que pondrá una requisición para los fondos, probablemente ya lo esté haciendo".

Se levantó y empezó a caminar. "Lo que esto significa es que no va a funcionar para nosotros ir a la cuenta de la universidad, y eso es justo lo que él quiere. Vamos a tener que pagar el viaje nosotros mismos, y vamos a tener que hacerlo de inmediato". Se detuvo y miró a Sam. "¿Tienes los fondos para tal viaje?"

Sam asintió de inmediato. "Seguro que sí. Tengo una reserva de ahorros bastante buena, por no mencionar que es probable que pueda conseguir un reembolso por Planet Geo si logramos nuestro objetivo".

Kate se sentó en su escritorio. "No nado en dinero, pero puedo costearlo. Ya llamé anoche y conseguí los precios de los boletos, solo para poder hacer una requisición, así que estoy al tanto del costo". Kate volvió a mirar a Sam. Jason se quedará; tendrá que hacerse cargo del trabajo del laboratorio. Tú y yo tendremos que irnos hoy, si es posible.

Jason soltó un suspiro frustrado y se sentó en su silla. "Sé que estás decepcionado Jason, y lo siento, pero no tenemos tiempo para perder buscando un reemplazo en el laboratorio", dijo Kate.

"Podría matarlo", dijo Jason con voz ronca. "Maldita sea, si tan solo pudiera".

"Bueno", continuó Kate, es momento de mantener y demostrar autocontrol". Volvió su atención hacia Sam. "¿Estás listo?"

"Sí". Sam respondió. "¡Prefiero morir a dejar que un estúpido ladrón se salga con la suya! ¿Qué quieres que haga?"

Kate se inclinó hacia delante. "Tengo que contactar al archivo y tomarme un tiempo libre. Digamos que una semana para comenzar. Tú conoces los hoteles y otros servicios que necesitamos, así que tendrás que hacerte cargo de las reservaciones y eso. Voy a reservar nuestros vuelos, yo los pagaré, de esa manera podremos sentarnos juntos durante el mismo. Me lo puedes devolver después, ¿de acuerdo?"

"Bien", respondió Sam con ansiedad.

Kate se volvió hacia Jason. "Tienes que actuar con normalidad. Si Kreiger sospecha que nos vamos, reservará su propio vuelo y nos saltará encima. No permitas eso por nada del mundo, Jason. Nada".

"Lo entiendo", respondió él, y se puso de pie. "Voy a volver al laboratorio y a terminar en mi oficina.

Mantenme al tanto de los planes del viaje, y si hay algo que pueda hacer para ayudar". Se dio la vuelta y salió de la oficina con la cabeza baja.

"Te digo, Sam", dijo Kate mientras la puerta se cerraba detrás de él. "Si creyera que nuestros planes no tendrán resultado, enfrentaría a Kreiger directamente hoy".

"Yo iría contigo", agregó Sam.

"Bueno, pongámonos manos a la obra para conseguir esos vuelos ¿qué dices?", preguntó Kate.

Sam sonrió y sacó el teléfono de su cartera. "Estoy listo cuando tú lo estés".

CAPÍTULO 11

Kreiger se sentó en su escritorio, con Roy Hastings sentado frente a él. El hombre tenía una sonrisa de vértigo en su rostro. "No puedo creer que fuera tan fácil conseguir lo que queríamos", dijo Hastings.

"Sabía que lo lograríamos", dijo Kreiger. Estaba ocupado llenando el papeleo para la requisición de la universidad. Su propia avaricia ni siquiera le permitía pagar su vuelo y alojamiento. La universidad iba a pagar la cuenta si tenía algo que decir al respecto.

Firmó la parte inferior del papel y miró a Hastings, una expresión llena de satisfacción llenaba su rostro. "Tengo que sumar estos al presupuesto para la aprobación. Normalmente les toma tres o cuatro días aprobar, como sabes, pero voy a ponerles un poco más de presión para acelerar las cosas. Lo estoy reclamando como un viaje de emergencia".

Hastings se levantó y miró su reloj. Se estaba acercando la hora del almuerzo, y su estómago gruñía miserablemente. "¿Me has incluido?"

"Por supuesto", respondió Kreiger. "No te dejaría por fuera. Tú lo sabes". La verdad era que él deseaba poder, pero el hombre sabía demasiado sobre cómo había llegado a poseer la información de la localización. No le molestaría. Se lo quitaría de encima bastante pronto.

Kreiger también estaba de pie, con papeleo en la mano. Los dos hombres salieron de la oficina al estacionamiento hacia sus vehículos. "Déjame saber cómo va", dijo Hastings antes de separarse.

Kreiger asintió con la cabeza. "Claro que sí". Luego sacó las llaves del coche de su bolsillo y se abrió camino hasta él.

Estaba a unos tres metros de él cuando un coche pequeño y golpeado se detuvo a su lado. Estaba ocupado pescando la llave correcta en el anillo, y no se dio cuenta enseguida.

"Dr. Kreiger, ¿cómo se encuentra hoy?"

Miró hacia arriba. Era Jason Seward, el asistente de Kate Beck. Kreiger quería reír en voz alta, pero se controló.

"Bien, Jason. ¿Cómo estás?"

"Muy bien", respondió. Parece que el sol va a salir hoy, para variar.

Kreiger miró hacia el cielo y luego hacia Jason. "¿Vienes a verme?"

"Oh, no", dijo. "Estaba saliendo del campus para almorzar".

Kreiger creyó ver una expresión divertida en el rostro de Jason, como si estuviera burlándose de él en su mente. Seguramente ya había estado en su despacho. ¿Por qué no estaba diciendo nada al respecto?

"¿Dónde está Kate?", preguntó Kreiger, llave en mano.

Jason le sonrió y le sostuvo la mirada. "Oh, ella está muy ocupada. Un par de los nuevos animales están enfermos, y los está atendiendo. Parece que ni siquiera será capaz de centrarse en Sam Daniels y sus cosas. Probablemente no hasta la próxima semana, mínimo".

"Oh", dijo Kreiger, su corazón se exaltó. Lamento escuchar eso. Espero que todo mejore.

"Yo también", dijo Jason. "Que tenga un buen día, Dr. Kreiger".

Kreiger asintió con la cabeza. "Tú también, Jason". Con eso se fue, despidiendo a Jason y la conversación.

Jason se alejó de Kreiger, con una sonrisa de satisfacción pintada en su cara. Ahora el paleontólogo no sentiría necesidad de apresurarse por las entradas. Jason notó el papel en su mano, y definitivamente era una solicitud de requisición. Después de todo, Jason había llenado suficiente de ellos.

Había plantado la semilla. Ahora estaba seguro de que Kate y Sam tendrían un buen comienzo, y eso era todo lo que quería. Para atropellar a Kreiger por lo que había hecho, sentía una justicia poética.

∞

Kate y Sam acababan de comprar sus boletos y hacer todas las reservas necesarias.

Sam la miró. Estaba escribiendo todos los detalles en un cuaderno espiral. "Entonces", empezó. "¿Tienes... hambre?"

Kate levantó la vista y cerró la libreta antes de encerrarla en el cajón del escritorio. Ella le sonrió. "Sí, de hecho, ¡me muero de hambre!"

"¿Quieres almorzar conmigo? Quiero decir, nos vamos a la primera hora de la mañana. Podemos relajarnos un poco, ¿sabes?". Estaba nervioso pidiéndole que salieran; no tenía mucha práctica con el sexo opuesto.

"Claro", respondió ella. "¿A dónde quieres ir?"

"¿Qué tal una comida rápida?", preguntó. Sabía que no era romántico, pero había visto varias bolsas de comida rápida en su basura, y asumió que le gustaba. Estaba pensando en algo rápido.

Kate se puso de pie, con los ojos encendidos. "Me encanta esa idea. Supongo que podrías decir que no soy la persona más sana del planeta, pero estoy satisfecha".

Los dos se dirigieron hacia fuera, su tensión aliviada por el momento. Pronto estarían en camino. Pronto estarían entrando en su futuro.

∞

Kreiger se paró en el mostrador de la oficina de presupuestos, grapando una copia de la foto del pájaro y las notas de Jason Seward, que él había reescrito con su propia mano, a la requisición. Jane Ross, la jefa de contabilidad de la universidad, esperó pacientemente que le entregara el papeleo. La miró a los ojos cuando lo hizo.

"Debido a la situación con la muerte de un individuo, es esencial que tratemos de conseguir esto aprobado cuanto antes", dijo Kreiger.

"Bueno, suena emocionante, Harold, pero también peligroso", respondió Jane.

Kreiger asintió con la cabeza. "Sí, pero les dije que estaría allí el próximo fin de semana a más tardar. Están un poco desesperados".

"Bueno", respondió Jane, "sabes que la aprobación tarda normalmente de cinco a siete días. Intentaré apresurarme, pero el peor de los casos te situarás en Brasil para el próximo miércoles".

"Eso estará bien", dijo Kreiger. "Gracias por tu ayuda".

Ella le sonrió. Tenía algo de interés en Kreiger hace años, e incluso ahora se sentía un poco ruborizada cerca de él, aunque ella se había casado hace dos años. "Si no te veo antes de que te vayas, ten un viaje seguro y vuelve en una sola pieza".

"Por supuesto", dijo Kreiger. Salió de la oficina sintiéndose como si un enorme peso se hubiese levantado de sus hombros. Esto no representaría ningún problema, él lo sabía.

Cuando regresó a su oficina llamó a Hastings. Le dijo que la requisición estaba en proceso, y repitió lo que Jane Ross le había dicho acerca de la aprobación. Todo marchaba viento en popa.

"¿Sabes si Collins tiene tiempo en su agenda para tomar un par de mis conferencias?". Le preguntó a Hastings esto, porque Hastings sentía algo por Marie Collins. Si alguien supiera, sería él.

"Hmmm", respondió Hastings pensativo. "Tendrás que preguntarle. Tienes su extensión, estoy seguro".

"Sí, le haré una llamada", dijo. "Hablamos luego".

Luchó para evitar reírse en voz alta. Afortunadamente, no todo el mundo era tan astuto como él. Estaba muy contento.

Iba a morir siendo un hombre muy rico.

∞

"Entonces", dijo Sam, "¿has estado casada alguna vez? ¿Tienes hijos?". Se metió dos patatas fritas en la boca y esperó a que Kate contestara.

Terminó de masticar un bocado de sándwich de pollo, cheddar y tocino. "Ninguno de los dos. Mi carrera ha sido mi prioridad durante todo el tiempo que puedo recordar."

"Yo también", respondió él. "Puedo decir sinceramente que ni siquiera pensé en ello". Hasta que te conocí, Sam pensó para sí.

El celular de Kate comenzó a sonar en el bolsillo de su chaqueta. Lo tomó y contestó la llamada. "¡Jason! Debí haberte preguntado si querías que te llevara algo".

"Está bien, Kate", dijo Jason. "Yo ya comí. Escucha, te llamé para decirte que me encontré con Kreiger cuando salía de su oficina hace rato".

Kate miró a Sam y le dedicó una sonrisa conspiratoria. "¿De Verdad? ¿Qué dijo ese bastardo? "

"Llevaba un formulario de requisición, entre otros papeles. Está invirtiendo dinero, Kate".

"Ya veo", respondió ella, mientras su sonrisa desaparecía.

"Le dije que un grupo de animales se enfermó cuando me preguntó por ti". Continuó Jason. "También le hice a creer que ni siquiera serías capaz de salir con Daniels por lo menos en una semana, tal vez más. Espero que hayas reservado un vuelo. Ahí tienes la oportunidad de derrotarlo".

"¡Qué casualidad!", dijo Kate. "Nos vamos a primera hora".

Jason rió en voz alta. "Bien", respondió finalmente. "Ocúpate de él. Ya me voy. Te veré cuando llegues aquí".

Kate colgó y le contó a Sam lo que Jason le había dicho. Se rieron mucho cuando terminaron su almuerzo. Sus espíritus eran mucho más ligeros ahora, al menos en comparación con esa mañana.

Mientras comían y hablaban, Sam tenía pensamientos propios; pensamientos sobre la bella dama de pelo negro delante de él. ¿Qué le gustaría hacer en su tiempo libre? ¿Qué tipo de hombres le gustaba? ¿Le gustaría viajar?"

Kate también tenía su propia agenda mental. Sam tenía el pelo más suave que había visto, y sus ojos podían derretir diamantes. Era inteligente y un buen conversador. Se preguntó si tenía novia.

Salieron juntos, hablando de su viaje y del pájaro que estarían persiguiendo. Estaban cómodos el uno con el otro, y Kate sabía que incluso profesionalmente era un gran partido. Podrían conquistar el mundo juntos.

Si todo salía bien, claro.

CAPÍTULO 12

Sam estaba en casa haciendo las maletas, y por primera vez luchaba con lo que debía llevar.

Nunca pensó en su atuendo cuando trabajaba, pero nunca había estado en compañía de una científica hermosa e inteligente. No quería parecer sucio o descuidado, pero tampoco quería parecer que intentaba impresionarla. Kate Beck tenía a Sam Daniels en sus manos. Parecía que el verdadero propósito de su viaje, y la pasión de Sam por este, se había desvanecido en las sombras proyectadas por la luz de la Dra. Kate Beck.

Después de una hora de lucha miró el reloj. ¡Maldición, había estado allí durante mucho tiempo! Eran las seis de la tarde y tenía que estar en el aeropuerto con Kate a las cuatro y media de la mañana. Comenzó a arrojar su atuendo habitual en la maleta; tendría que hacerlo.

Sam puso sus maletas junto a la puerta y se aseguró de que tenía su pasaporte y otros documentos necesarios antes de tomar una cena de pollo frito en el microondas. Se había estado prometiendo que comenzaría a comer mejor, pero parecía que la vida le había lanzado demasiadas bolas curvas como para permitirle que se concentrara correctamente en corregir su pobre dieta. Kate sin duda no parecía que vivía de alimentos congelados, odiaría avergonzarse invitándola comida rápida servida en una bandeja de plástico negro.

Sacudió la cabeza mientras sacaba la cena a mitad de camino y agitaba las patatas. Esta mujer estaba consumiendo sus pensamientos; ni siquiera había estado pensando en Rico o en el pájaro, al menos ni la mitad de lo que uno esperaría. El hecho trajo una sonrisa a su rostro, pero sabía que iba a tener que concentrarse si él quería ser efectivo mientras estaba de vuelta en la selva, y Kate necesitaría que fuera efectivo. Lo mismo ocurriría con el resto del mundo.

Sam encendió el televisor, abrió la baneja y empezó a comer. Quería ver el tiempo y ver cómo estaban las cosas en el Amazonas. Ya lo habría hecho hace un par de semanas, era definitivamente hora de animarse.

∞

Kate se relajó en un baño de burbujas caliente en el baño de su apartamento. Ella estaba satisfecha con su equipaje, habiendo hecho una tonelada de investigación en el área, no había sido demasiado duro planear qué escoger en absoluto una vez que ella tenía una comprensión firme sobre qué esperar en la selva.

Se quedarían en un hotel la primera noche; después de eso, cuando ella y Sam se dirigieran a la selva en sí, tendrían un guía con ellos. Sam le hizo saber que el dueño de la compañía de guías, llamada Expedition Amazon, también estaría acompañándolos, además él y el guía estarían armados. Kate se sintió mucho mejor al saber eso, la ayudó a relajarse.

Ella levantó su esponja grande y suave del agua, y la apretó sobre su pecho. Esto era justo lo que necesitaba para calmarse y descansar su mente. Durante la mayor parte del día, se había preocupado por Kreiger y Hastings, enfurecida por todo el plan que estaban armando para robar el hallazgo de Sam. Era irritante para ella, ya que dejaba mal a todos los involucrados. Fue un alivio que Sam acudiera primero a ella.

Ahora su mente se enfocaba en él, el fotógrafo que había entrado en su vida tan de repente e inesperadamente. Era un espectador, eso era seguro, y como ella llegó a conocerlo, poco a poco, un poco mejor, se encontró muy impresionada con su enfoque personal: como ella, su carrera estaba llena de riesgos y cosas extremas. Admiraba esto, y lo encontró más que un poco atractivo. Tal vez después de que esto terminara, podrían pasar algún tiempo juntos en un contexto más social.

Su agua se estaba enfriando más de lo que a ella le gustaba. Se sentó, sacó el enchufe y lo colocó al lado de la bañera antes de salir y envolver su toalla alrededor de sí misma. Sintió un poco de escalofrío, y se le puso la piel de gallina, así que se quitó la toalla rápidamente y se puso una gran bata blanca esponjosa antes de caminar hacia la sala para ver un poco de televisión.

Acababa de sintonizar CNN cuando su teléfono sonó. Lo sacó del mostrador de la cocina y miró la pantalla; Era Sam Daniels. Kate sonrió mientras deslizaba su dedo por la pantalla del teléfono para contestar la llamada.

"¿Hola?"

Sam se aclaró la garganta nerviosamente. "Um, hola, Kate. Es Sam".

"Hola, Sam", respondió ella. "¿Qué pasa?"

Su voz dejo en evidencia el temor que sentía al llamarla; simplemente no tenía suficiente experiencia con las mujeres para hablar con audacia y confianza. "¿Bueno, um, me preguntaba cómo está tu equipaje?"

"Bien", dijo Kate. "Por ahora estoy bien. De hecho he invertido un tiempo en familiarizarme con la región que estamos visitando. Solo espero que las cosas que llevo sean suficientes".

Sam sacudió la cabeza hacia sí mismo con disgusto. "Lo siento mucho", dijo. "Debí haberte dado a conocer sobre el área. He sido demasiado distante para mi propio bien, o para el de cualquier persona, en este caso".

"No te preocupes, Sam", respondió Kate. "Estoy segura de que estaré bien".

"¿Ya cenaste?", preguntó.

Kate regresó a la sala de estar con el teléfono. "Sí, de hecho, comí bastante temprano. Veré un poco de noticias y me iré a la cama temprano. ¿Qué hay de ti?"

"Sí", dijo Sam. "Ya comí también. Comprobando el pronóstico del tiempo del lugar al que vamos". Se quedó callado por un momento, y Kate esperó pacientemente. "Supongo que solo quería ver cómo estabas y decirte que te vería por la mañana. Paso por ti a las tres y media, ¿correcto? Bitter Lake, apartamento 322, ¿no?"

Kate sonrió ante la impaciencia de su voz, porque igualaba la suya. "De acuerdo, Sam. Nos vemos a las tres y media".

"Adiós, Kate". Sam colgó y Kate se encontró mirando el teléfono en la mano con regocijo.

Conectó de nuevo el teléfono al cargador en el mostrador de la cocina y chequeó su cafetera para asegurarse de que el temporizador automático se configuró. De repente, dio un gran bostezo; había sido un día tan emocionante que probablemente dormiría muy bien aquella noche, ella lo sabía. Y eso deseaba, porque ¿quién sabe lo que los próximos días aguardaban para ella?

Kate tardó un minuto en decidir si ver televisión o no. Lo apagó y revisó la cerradura de la puerta de su apartamento antes de dirigirse a su dormitorio y escalar desnuda entre las sábanas. Se puso cómoda en solo unos minutos, y pronto se quedó dormida, su emoción alimentando sus sueños.

∞

Harold Kreiger estaba dormido, se dejó caer sin esfuerzo en su cama. Sus sueños eran distantes y ansiosos. Parecía estar persiguiendo algo que permanecía justo fuera de su alcance, como un conejo persiguiendo una zanahoria en una cuerda, y eso fue suficiente para volverlo loco.

De repente el teléfono en su mesa de noche se escuchó en voz alta. Salió inmediatamente de su ensoñación, pero el teléfono sonó dos veces más antes de que Harold se diera cuenta de lo que pasaba y lo alcanzó. Su alarma mostraba las dos y media de la mañana en cifras de color rojo brillante; ¿quién lo estaba llamando a esta hora de la noche?

"¡Hola!". Kreiger gruñó en el teléfono. Quería dejar que quienquiera que fuera supiera exactamente lo que él pensaba de su intempestiva intrusión.

"Harold, es Roy, Roy Hastings".

Kreiger movió las piernas hacia un lado de la cama. "Espera, Roy". Cubrió la boquilla y comenzó a toser casi incontrolablemente. Roy hizo una mueca de dolor en el otro extremo mientras escuchaba. Obviamente Kreiger seguía fumando de vez en cuando.

Kreiger tosió una última vez y volvió a colocarse el auricular en la oreja. "¿Qué está pasando?".

"Bueno", comenzó Hastings. "Me costaba mucho dormir y me levanté para ver las noticias y navegar por Internet un poco. Harold, recibí una llamada de mi sobrino Rob. Ya sabes, el que yo tenía revisando las reservas de la aerolínea".

Kreiger tomó un par de tragos de agua de un vaso junto a su cama. "¿Sí? ¿Y?"

"Parece que nuestra pequeña Dra. Beck y su amigo Daniels están saliendo en un vuelo de cuatro horas y media hacia la selva amazónica, amigo mío".

Ahora Kreiger sí estaba muy despierto, y sintió que su piel comenzaba a picar de pánico. "¿Qué? ¿Están volando esta noche? ¿En solo un par de horas? ¡Tenemos que estar en ese maldito avión, Roy!". Se puso en pie y empezó a caminar de un lado a otro en el cuarto oscuro.

"Ya pensé en eso, Harold, y llamé para reservar un par de asientos, pero ya no están reservando para ese avión en particular", dijo Roy. "Tenemos que abordar el siguiente, y eso no es sino hasta la misma hora mañana por la mañana".

"¡Qué diablos!". Kreiger estaba furioso, justo como Hastings sabía que lo estaría. Agarró la base del teléfono y encendió la lámpara antes de reanudar la marcha de un lado a otro. "Déjame pensar".

"Solo déjame pensar. ¿Has reservado un par de asientos?".

"No, y tendremos vacunarnos y cuidar de todo tipo de cosas antes de que podamos irnos", dijo Hastings con un suspiro cansado. "Quería hablar contigo primero. Esos dos han estado en la cima de su juego, y ahora tenemos que ponernos en marcha".

Kreiger se obligó a calmarse. "Está bien, está bien", comenzó. "Tienes arreglos para todo eso; Voy a mantener mi calendario claro. Pero asegúrate de que me dejes saber cada detalle que necesite atención, porque la universidad seguro que pagará la factura, amigo mío. Estoy atento ahora, así que dime lo que tengo que hacer".

Kreiger sacó una tableta y un bolígrafo del cajón de su mesita de noche y comenzó a escribir una lista detallada, mientras Hastings dictaba al teléfono. Cuando terminó, hizo planes con Roy respecto a los nombramientos que debían hacerse, incluyendo a Kreiger haciendo una visita al departamento de presupuesto para acelerar el proceso de aprobación.

Finalmente, desconectaron la llamada, y Harold fue directamente al baño a ducharse. Ciertamente no podría dormir más esa noche; no había tiempo. Esas dos serpientes escurridizas habían conseguido saltar sobre él, y no estaba dispuesto de dejar que tuvieran más ventaja de lo que ya tenían.

No, ya estaba pensando cómo cerrar la brecha lo más rápido posible.

CAPÍTULO 13

Kate y Sam se sentaron, abrochados con el cinturón de seguridad en sus asientos, escuchando al piloto darles la bienvenida en el vuelo. Ambos estaban extremadamente aliviados de que estaban despegando, especialmente sin Kreiger o uno de sus secuaces en el acompañamiento. Parece que habían hecho las cosas de la manera correcta.

Volarían de Seattle a Chicago, luego irían de O'Hare en Chicago a Miami. A continuación, llegarían a Río de Janeiro y, finalmente, volarían durante cinco o seis horas hacia Manaos. Allí estarían en un hotel por una sola noche, y por la mañana Manuel Pereira de Expedition Amazon los recogería y se encontrarían con uno de sus guías.

Se encontrarían en la entrada a la que Rico lo había llevado, al mismo camino en que el hombre había muerto.

Fue en este punto del plan que Sam comenzó a ponerse muy nervioso, de verdad, y por razones obvias. Sin embargo, se negó a dejar que Kate notara su nivel de estrés. La quería tranquila y sensata, como debía ser. No sería bueno para ninguno de los dos, o cualquier otra persona, si Sam fuera un desastre nervioso, y transmitiera nerviosismo a todos los que lo rodean.

Como en señal de llamada, Kate tocó su brazo. "¿Cómo te sientes, Sam?"

Levantó la mano, le dio una palmadita y le sonrió. "Tan bien como cabría esperar, pero me siento mucho mejor de lo que pensé que estaría".

Kate lo miraba a los ojos como si lo estudiara y pesara sus palabras. Finalmente, levantó las cejas, sonrió y dijo: "Mentiroso".

Sam echó la cabeza hacia atrás y le dio una carcajada. Después de un momento, se recuperó. "De verdad, Kate, estoy bien. Será un alivio atender esto. Sabes, identificarlo y estudiarlo. Para averiguar a qué nos enfrentamos, y no me refiero solo a ti ya mí". Le dio una palmada en la mano una vez más y respiró hondo. "No puedo explicarte lo aliviado que estoy de que estés conmigo".

Kate no supo qué decir. Por una parte se sentía halagada; él estaba agradecido por la educación que ella tenía y la voluntad que exhibía de unirse a él en esta misión. Pero Kate sabía que, por mucho interés, devoción e inquietud que había mostrado, había otra parte de ella cuyos motivos eran meramente egoístas. Al oír su agradecimiento sincero, sentía un nivel de vergüenza que no estaba acostumbrada a sentir.

Ella sonrió y le frotó el brazo un poco antes de retirar su mano. "Sam, quiero hacer esto. Quiero ayudar de cualquier manera que pueda, y espero que pueda ser de algún beneficio. Pero sabes que mis intereses son algo... personales, ¿no?"

La sonrisa de Sam se mantuvo en su rostro, pero su mano se apartó de la de ella, apoyó su cabeza en el asiento, y miró el fondo de los compartimientos de arriba como si estuvieran llenos de las maravillas del universo conocido. "Sí", respondió, su voz un poco distante. "No soy un hombre estúpido. Supongo que lo he sabido todo el tiempo, pero ciertamente confío en el interés y la atención que has demostrado mucho más que la de tus estimados colegas".

Kate recogió el ligero sarcasmo de su voz, y por razones que ella misma no pudo entender su corazón se entristeció. Miró sus manos en su regazo, avergonzada de mirar hacia arriba. Básicamente había admitido su propia falta de integridad, por pequeña que fuera, y se preguntó si habría dañado el pequeño nivel de confianza que existía entre ellos.

Sam la acarició ligeramente en el brazo, y ella lo miró, tratando de contener las lágrimas que amenazaban escapar detrás de sus párpados. "Simplemente no quería que trabajáramos uno al lado del otro, haciendo esta... cosa que estamos haciendo, sin que me entiendas completamente", dijo.

"Estoy bastante seguro de que ya había pensado en todo eso", respondió. "Ahora que todo está aclarado, podemos avanzar y lidiar con esto de la manera que habíamos planeado. ¿Verdad, Kate?", el la codeó de nuevo.

"De acuerdo, Sam". Ella le dio un codazo y los dos se echaron a reír en voz baja como un par de estudiantes de secundaria que empezaban a conocerse.

Justo en ese momento, Sam supo que todas las esperanzas que tenía de conocer a la doctora Kate Beck eran buenas. En ese mismo instante, Kate supo lo mismo. Ambos se sintieron aliviados, y pudieron instalarse en su propia forma de comodidad desde ese momento, y durante el resto del vuelo.

Llegaron a O'Hare muy pronto, y ambos tuvieron que apresurarse para llegar a la multitud adecuada para abordar su vuelo de conexión a tiempo. Llegaron allí justo a tiempo, con una línea de pasajeros que ya mostraba sus entradas, ansiosos por abordar y establecerse. Tanto Sam como Kate apenas tuvieron tiempo de recuperar el aliento antes de que fuera el turno de entregarles sus tickets de aprobación. Guardaron sus maletas y se sentaron en sus asientos con apenas momentos de sobra, y comenzaron a reír sin aliento de lo cansados que estaban los dos.

El vuelo a Miami fue un poco más entretenido. Ahora Kate se había zafado del incómodo silencio entre ellos, y estaba decidida a poner a Sam a gusto con ella nuevamente. Tal vez había divulgado un poco durante la primera etapa de su vuelo, pero iba a hacerlo bien esta vez. Ella encontró que su interés en este caso se centraba más que sus propias posibilidades de fama y fortuna. Era muy consciente de los sentimientos que estaba desarrollando por el Sr. Sam Daniels, y por alguna razón se encontró poco dispuesta a dejar que eso se esfumara como vapor o niebla. Quería seguir las emociones que estaba experimentando.

Así que, se acercó a él y comenzó a romper el hielo. Bromeaba y bromeaba. Intencionalmente mantuvo el propósito de su viaje fuera de la conversación, incluso cuando Sam, en su incomodidad, lo sacaba a flote. Se esforzaba por tocarlo o empujarle, y no dejaba de mostrar su atención cuando él obviamente lo disfrutaba. La personalidad extrovertida de Kate se convirtió en el punto fuerte, especialmente cuando en realidad se notaba, que ninguno de ellos sabía realmente lo que hacían cuando se trataba del sexo opuesto. Ella estaba más que dispuesta a seguir sus instintos y dejar que la guiaran, aunque estuviera abrumada por la timidez.

Una vez que llegaron a Miami tuvieron un poco más de tiempo para llegar a su vuelo de conexión, ya que la escala era un poco más extensa. "¿Qué tal si tomamos un trago?", Kate le preguntó mientras se abrían paso entre la multitud, en la dirección general a la que se dirigían.

Sam realmente sonrió un poco ante la sugerencia. Ninguno de los dos había ingerido alcohol en ninguna de las dos partes de su vuelo; obviamente no eran buenos bebedores. "Creo que es una idea increíble", respondió. La verdad era que podía notar lo que pasaba. No era estúpido; Kate estaba coqueteando, y mientras lo disfrutaba inmensamente parecía estar atascado, y era muy consciente de ello. Un poco de sabor le ayudaría a relajarse y dejar que las cosas fluyeran.

Encontraron un restaurante con un bar, y ambos acordaron que sería un lugar ideal. "Me encanta la comida mexicana", compartió Sam cuando estaban sentados. "Preferiría tomar un bocado aquí que tratar de luchar por comer en el avión ¿Qué hay de ti?"

"La verdad es que no he volado desde hace tiempo", admitió Kate. "Probablemente no hubiera notado la diferencia".

Sam rió en voz alta. "No necesitas experiencia volando para saber que la comida es mala".

Se pusieron cómodos en una mesa más pequeña para dos y ambos pidieron margaritas con hielo triturado. "Hace mucho que no tomaba uno de estos", dijo Kate. "Tengo que admitir, estoy un poco emocionada. Tal vez ya me estoy divirtiendo mucho".

Las mejillas de Sam comenzaron a sonrojarse. "Yo también", dijo tímidamente, evitando sus ojos un poco. La camarera sirvió las bebidas delante de ellos, y tomando nota de sus menús les preguntó: "¿Están listos para pedir?"

Kate volvió a sus sentidos y se rió un poco. "Lo siento", dijo a la muchacha. "Me temo que aún no los hemos visto". Mantuvo los ojos fijos en Sam mientras hablaba, y la camarera lo notó.

Sonriendo, la chica dijo: "Voy a darles un poco más de tiempo".

"Gracias", le dijo Sam mientras sostenía los ojos de Kate. La chica se marchó y él continuó: "Tal vez deberíamos ver lo que hay en el menú".

Durante los minutos siguientes examinaron las opciones disponibles, y finalmente, por primera vez, Sam pareció tomar la iniciativa un poco. "¿Qué tal si pedimos un plato de Kicking Nachos y los compartimos?"

"Creo que suena increíble". Kate también adoraba la comida mexicana, y compartir un plato de nachos con el magnífico hombre frente a ella parecía ser la primera cita perfecta, incluso si ese no era el propósito de su cena. Tenía la sensación de que ambos lo percibían de esa forma.

Ellos ordenaron, y la comida llegó rápidamente. Comieron y se rieron, y ambos descubrieron que amaban inmensamente la compañía del otro. Sam encontró a Kate muy ingeniosa y ansiosa por ponerlo a gusto, además de ser hermosa e inteligente. Una vez que se aflojó, Kate disfrutó de su propio sentido del humor y la capacidad de reírse de sus bromas torpes. Olvidar el trabajo era una libertad muy necesaria que ninguno de ellos había tenido el lujo de experimentar hace bastante tiempo, y era el cielo.

El tiempo voló, y pronto sería el momento de regresar. Afortunadamente ambos tuvieron suficiente después de solo un margarita, y realmente pasaron un buen rato.

∞

Encontraron una zona agradable y llegaron antes de tiempo, así que se sentaron pacientemente, a una corta distancia de todos los demás, y comenzaron a conocerse un poco mejor.

"Entonces, ¿a qué universidad fuiste, Sam?". Kate estaba genuinamente interesada en él, y ansiaba saber qué lo puso en el camino en el que se encontraba hoy.

Se volvió de lado en su silla para poder verlo de frente y prestarle toda su atención.

"Bueno", comenzó él, "mi abuela me dio mi primera cámara, y se me dio de forma muy natural, así que eso se convirtió en mi centro de atención desde muy joven. Ella murió cuando yo tenía diecisiete años, pero no antes de hacerme amar el arte, básicamente. Terminé estudiando fotografía en la Academia de Arte de San Francisco y el resto es historia".

"Eras cercano a ella", observó Kate. ¿Te crió?

Sam se encogió de hombros. "Técnicamente, no, pero si realmente me preguntas tendría que decir que sí". Miró sus manos y jugueteó con sus dedos. Kate podía notar que su abuela seguía siendo un tema doloroso para él. "¿Y tú?"

Kate respondió simplemente "Nacida en Seattle, criada en Seattle, estudié zoología y ornitología en la UW. Y he trabajado allí desde entonces. Asumí el cargo de jefe de mi departamento cuando la doctora Adeline Hoover falleció hace dieciocho meses, he sido la más joven en conseguirlo, agregó orgullosamente. Ella era mi mentora, y la echo de menos, pero me enseñó prácticamente todo lo que sé".

"¿Por qué pájaros?". Preguntó, sus ojos buscando su rostro mientras trataba de leerla y conocerla.

Kate le sonrió y se inclinó hacia adelante conspiratoriamente. "Porque son libres", susurró con una sonrisa. Luego se inclinó aún más y lo besó suavemente en los labios.

Los ojos de Sam se cerraron automáticamente, y su cuerpo estalló. Sus labios eran tan suaves como la seda, y ella olía a polvo de bebé: dulce e inocente. "Oh, vaya, creo que estoy enamorado de esta mujer", pensó para sí.

Kate se apartó y sonrió, la sangre corriendo hacia sus mejillas. "Vaya", pensó ella, "éste es el indicado".

"Todos los pasajeros del vuelo 375 a Río de Janeiro que necesitan asistencia especial o tienen hijos pequeños comenzarán a abordar en cinco minutos. Por favor, estén listos con sus billetes, llamaremos a todos los demás pasajeros poco después. Gracias". La voz femenina cortada y formal que bombeaba a través de los altavoces era bastante para sacarlos de su ensueño.

"Supongo que será mejor que nos preparemos", dijo Kate.

Todo lo que Sam podía hacer era asentir con la cabeza mientras sonreía. Agarró su equipaje de mano y ella hizo lo mismo, aunque se les había informado de que faltaba un poco antes de que fueran llamados. Kate se volvió en su silla y miró hacia adelante, y Sam se sentó un poco. Era el momento de prestar atención y continuar el vuelo, pero ninguno de los dos quería.

Siguieron observándose entre ellos con el rabillo del ojo, y cada vez que se atrapaban se reían como niños.

Después de quince minutos el resto de los que esperaban fueron llamados para abordar, y pronto Kate y Sam tomaban sus asientos y se incorporaban. Kate estaba cerca de la ventana, cosa que le encantaba, pero había estado junto a la ventana durante todo el viaje. "Entonces, Sam, ¿quieres tener el asiento de la ventana para un cambio?".

"Ya sabes", respondió Sam "Yo vuelo con frecuencia, y sé que tú no, así que estoy bien si tú lo estás".

Ella asintió, aliviada. "Gracias". Ella tomó su mano y la apretó, y siguió sosteniéndola. A Sam le gustaba. Sus pequeñas manos eran suaves, cálidas y secas, y le resultaban extrañamente reconfortantes.

Mientras despegaban, Sam cerró los ojos y echó la cabeza hacia atrás. Pensó en el incidente que lo había traído hasta el día de hoy, sentado junto a Kate Beck, y por primera vez desde que habían dejado Seattle, su corazón sintió un tirón de dolor por Rico y su familia. Las imágenes del pájaro y la violencia que le infligió a su guía pasaron por su mente, y tuvo que abrir los ojos y sacudir la cabeza para deshacerse de ellos. Lo último que iba a hacer era revivir ese terror una y otra vez. Después de todo, el viaje se trataba de tomar el control de una situación que ya había demostrado ser mortal. No se encogía de miedo ni de pena.

Kate se durmió muy pronto después de que el vuelo se pusiera en marcha, y Sam disfrutó viéndola. Mantuvo su mente fuera de sus propios pensamientos atormentadores, y le permitió tener una esperanza para su futuro que él no había tenido antes, hasta ahora. Solo verla durmiendo tranquilamente, y recordar su suave beso en el aeropuerto, fue suficiente para alegrarlo, y se encontró a sí mismo reviviendo mentalmente la escena una y otra vez.

Sam se sintió muy feliz por primera vez en mucho tiempo.

∞

Cuando Sam y Kate bajaron del avión en Río y se prepararon para tomar su vuelo final a Manaus, Kreiger y Hastings estaban embarcando en su propio vuelo en el aeropuerto de SeaTac. Harold Kreiger había tratado de presionar al departamento de presupuestos para que aprobara su requisición, pero no sirvió. Había tenido que pagar su propio billete y, debido a algunos problemas de crédito, Hastings tuvo que terminar prestándole a su socio el dinero para su boleto también. Estaba cabreado e impaciente.

Estaban un día entero atrasados con respecto a Kate y ese tipo Daniels, pero esa era la menor de las preocupaciones de Kreiger. Aún teniendo las notas que Jason Seward había tomado, y estas eran muy minuciosas, no tenía ni idea de dónde se quedaría la pareja, ni siquiera el lugar exacto donde comenzarían su búsqueda. El hecho era que iba a tener que hacer un poco de manipulación y hablar sin tapujos para averiguar la información que quería y necesitaba, si iba a tener éxito en su plan para usurpar a esos dos.

Se recordó a sí mismo que era uno de los hombres más inteligentes que conocía, y que tendría éxito, independientemente de la resistencia. Esto era simplemente la oportunidad de la vida para él. La criatura no era más un 'pájaro' que un mono. Kreiger sabía que lo que había mirado tenía que ser directamente descendiente del Archaeopteryx, si es que no era uno. Para Kreiger eso significaba que todo el asunto se trataba técnicamente de un dinosaurio, y los dinosaurios eran su departamento. Kate necesitaba quedarse en casa y estudiar gansos migratorios o algo así. Ella estaba fuera de su elemento con esta situación.

Hastings parecía casi enfermo cuando estaban en el aire. Estaba un poco verde, y cada vez que golpeaban una turbulencia, el hombre gemía y gemía. Kreiger pensó que era mejor dejarlo luchar por su cuenta; después de todo, tenían un plan de vuelo por delante de ellos. Pasó el tiempo tomando notas y escribiendo sobre la situación actual. Cuando se sintió agitado por la resistencia que Kate y Daniels estaban ofreciendo, él también registró eso, y gran parte de su 'diario' consistía en comentarios llenos de furia y lamentos sobre lo injusto de la situación.

Así que los dos hombres hicieron lo necesario para llegar de Seattle a Manaos, y lo hicieron en su mayor parte en silencio. Toda la serie de vuelos se extendería durante unos días; había comprado billetes económicos, y solo podía esperar que los dos que estaban delante de ellos hubieran hecho lo mismo. Éste era un tema más de los que le irritaban y preocupaban. Si hubiera sabido que Sam y Kate habían comprado el mismo tipo de plan de vuelo, se habría permitido relajarse un poco.

Pero por ahora, estaba consumido por cómo lograría ponerse al día...

CAPÍTULO 14

Sam y Kate llegaron a Manaus el domingo por la noche, y después de estar de un avión en otro, y en los duros e incómodos asientos en los aeropuertos desde la madrugada del jueves, ambos estaban más que listos para entrar en su hotel y dormir un poco en una cama cómoda.

Sam había reservado dos habitaciones en el Hotel Continental. Se había quedado allí varias veces, y aunque no estaba en la cima de la línea, estaba limpio y cómodo. Sus habitaciones estaban una junto a la otra, por lo que se sentía bien por poder mantener un ojo protector en Kate, y pudieron conseguir un taxi hasta el alojamiento con bastante facilidad. Durante el paseo Sam repasó el plan para el día siguiente.

"Tendremos una buena noche de sueño", comenzó. "Podremos ducharnos, cosa que querrás aprovechar. Dios sabe cuánto tiempo vamos a estar ahí afuera".

Kate escuchó atentamente y tomó notas mientras hablaba. Lo último que quería era perder la pista de él mientras estaba en medio de Brasil. "¿Dijiste que los hombres de la compañía de guía nos recogerán, o alquilaremos un coche e iremos a ellos?"

"Miguel Pereira nos recogerá a las diez de la mañana", respondió. "Oh, eso me recuerda: él y sus hombres traerán comida, pero serán prácticamente huesos, les pago para hacer eso. Tú querrás pedir una comida para llevar desde el café. Probablemente sea la última que tengas por un tiempo".

Kate anotó esto también, luego dijo, con ligera vergüenza, "Um, Sam, yo no hablo portugués. Apenas hablo español".

Sam le dio una sonrisa y una palmadita en el hombro. "Quédate conmigo. ¡Yo me ocuparé de ti!"

Sus palabras le dieron un agradable escalofrío. Cerró su cuaderno y se sentó, literalmente, sintiéndose más segura que desde que había salido de Seattle. Dijo que se haría cargo de ella, y ella le creyó profundamente.

El hotel resultó ser mejor de lo que Kate esperaba. Por alguna razón, probablemente falta de experiencia, ella tenía una imagen en su cabeza que le decía que las habitaciones no serían muy agradables ni complacientes. Eran pequeñas, pero limpias y cómodas, contrarias a su noción preconcebida. Sabía que podía confiar en Sam, pero había sido ferozmente independiente durante tanto tiempo que parecía que se consideraba la única persona capaz en su vida.

Sam la acompañó hasta su habitación y abrió la puerta para ella, luego se llevó las maletas. Él hizo un paso rápido antes de decir, "Todo se ve muy bien aquí". Se volvió hacia ella antes de marcharse. "Si ocurre algo, no dudes en llamar a mi habitación. Puesto que esta es tu primera vez, no deberías andar sola, ¿de acuerdo?"

Kate asintió y sonrió. "No hay problema". No sentía ninguna tentación de aventurarse por su cuenta; ella estaba demasiado lejos de casa para intentar ir sola.

"Bueno", dijo Sam, "supongo que voy a ir a la puerta de al lado". Hizo una pausa en su puerta, mirando un poco inseguro. Él quería besarla, y Kate estaba pensando lo mismo, pero ambos estaban tan nerviosos como dos adolescentes.

Ella estaba sonriendo con los brazos cruzados sobre el pecho mientras Sam balanceaba su peso nerviosamente de un pie al otro. Finalmente, Kate tomó la delantera. Dio un paso hacia él y se puso de puntillas. Ella inclinó la cara hacia arriba y lo miró directamente a los ojos antes de plantar sus labios firmemente en los suyos, y eso fue todo lo necesario.

En poco tiempo la puerta de su habitación estaba cerrada y se estaban besando con tanto calor y pasión que habrías pensado que eran amantes perdidos hace mucho tiempo que se habían encontrado después de años de búsqueda infructuosa. Sam sintió un ligero temblor, y debido a ello no dejó que sus manos hicieran lo que querían, pero Kate no se guardó nada. Permitió que sus propias manos vagaran por su espalda y por su trasero, deteniéndose allí y apretando con pasión. Ella descubrió que quería tomar todo de Sam Daniels, empapándolo como una luz solar cálida.

Su lengua se abrió camino hacia su boca, y Sam no ofreció ninguna resistencia. La saboreaba y la sentía fresca y limpia. Sintió que sus firmes senos se presionaban contra su pecho, sus pezones empujándolo a través de su camisa, y fue incapaz de controlar la erección que estaba creciendo en sus pantalones.

Kate no estaba tratando de controlar nada. Ella no era virgen; ella había salido con un joven en la universidad por casi dos años, pero él había sido perezoso y no tenía propósito. Desde que rompió con él se había abstenido, y ella no tenía absolutamente ningún deseo de hacerlo ahora mismo. Se apretó más contra sus caderas, haciéndole saber cómo se sentía exactamente.

Sam simplemente se derritió, y él sabía que Kate Beck era exactamente lo que quería.

Finalmente, ella se apartó de él y lo miró a los ojos, sosteniendo su mirada con una fuerza que no sabía que poseía. Se quitó la chaqueta y comenzó a deshacer su camisa blanca. Cuando él abrió sus ojos, estos fueron a la curva de sus pechos, y se encontró fascinado por la forma en que su sostén de encaje los sostenía y los acariciaba. Luego se desabrochó los vaqueros y Sam soltó un gemido que no pudo contener.

Kate sonrió mientras se quitaba los zapatos y se quitaba los pantalones vaqueros una pierna a la vez. Sam estaba congelado en su sitio, o eso le parecía. Él la vio quitarse la camisa, y luego Kate se paró frente a él con su sostén blanco y sus bragas. Apenas lograba respirar.

Ella era perfecta. Su vientre era plano y musculoso, y su piel tenía una hermosa sombra de bronceado que resaltaba el pelo y los ojos. Ella le dio la espalda y tiró de la manta y la sábana de su cama, luego se sentó en el borde y se quitó la ropa interior. Sam todavía no había movido un músculo.

Kate le sonrió, luego caminó hacia él, completamente desnuda e impresionante. Ella envolvió sus brazos alrededor de su cuello y comenzó a besarlo tan apasionadamente que estalló en sudor. El pequeño cuerpo se retorcía con fuerza contra el suyo, y mientras lo besaba, ella lo volteó y empezó a retroceder hacia la cama.

En ese momento, Sam decidió dejarla guiar y sucumbió a su liderazgo. Sintió la parte de atrás de sus muslos entrar en contacto con la cama, y sus piernas se doblaron. Cayó hacia atrás, Kate todavía aferrada a él y explorando su boca. Comenzó a tener serias dudas de que sería capaz de contenerse mucho más tiempo; se estaba haciendo casi doloroso.

Como si leyera su mente, Kate se apartó de él y se paró junto a la cama, mirándolo. La sonrisa era fuerte en su rostro, y sus ojos estaban llenos de pasión. Ella se agachó y tiró del botón de los pantalones, que cedió sin resistencia. Antes de que se diera cuenta, sus pantalones se habían ido.

Sorprendentemente para Sam no sentía ninguna vergüenza. Todo lo contrario; no podía esperar a deshacerse por completo de la ropa que de repente se sentía como un confinamiento que lo iba a estrangular. Kate se colocó entre sus rodillas y agarró su camisa por el cuello. Dio un solitario retroceso y los botones volaron. Ese movimiento lo estremeció por completo; era la cosa más sexy que había visto.

Ahora Sam yacía en la cama, con la camisa abierta y los pantalones alrededor de los tobillos. Estaba tan estupefacto por ella que había olvidado que todavía llevaba sus calzoncillos, pero el hecho no había evadido a Kate. Ella se sentó en su cintura y se apretó contra él, besándolo deliberadamente, mientras se paseaba por sus caderas. Pronto estaba en medio de sus muslos, y no desperdició más tiempo. Ella se colocó sobre él, y con un poco de guía y un solo movimiento él estaba dentro de ella, enterrado profundamente.

"Oh, sí", pensó Sam, casi al borde el pánico. "Juro que voy a volverme loco". Kate parecía estar leyendo su mente, y ella dejó de moverse, pero solo hasta que su respiración se estabilizó. Él no sabía que ella también estaba al borde del descontrol, pero no le importaban las apariencias personales. Esperó solo un momento, luego sus caderas se movieron arriba y abajo sobre él con tanta dedicación que ninguno de los dos pudo detenerse más.

Explotaron juntos casi violentamente, su empuje alcanzando niveles casi violentos. Los gemidos de Sam eran fuertes, y solo escucharlo la sacó fácilmente una vez más. Continuaron moviéndose juntos, gimiendo, sudando sobre su piel, hasta que no podían moverse más, y entonces Kate se desplomó encima de él, con sus ojos cerrados y una sonrisa pegada a su cara.

Había pasado mucho tiempo, para los dos.

Los cinco minutos siguientes pasaron en silencio, luego Kate se levantó. Ella lo miró y sonrió. "Lo siento si me aproveché de ti, pero, oh espera. No, no lo siento".

Ambos rieron en voz alta, y Kate seguía riéndose cuando ella se puso de pie y fue al baño y cerró la puerta. Sam ni siquiera podía moverse, aunque se decía a sí mismo que se levantara. Si no se había enamorado antes, el trato ahora ciertamente estaba sellado.

Él gimió y se sentó. A su camisa le faltaban tres botones, y su ropa interior estaba enrollada alrededor de sus muslos. Se puso de pie y casi se cayó debido a sus pantalones, que rodeaban completamente sus pies y tobillos. Él consiguió ingeniosamente sacarlo todo junto. Sam terminó de quitarse la camisa y la tiró a una papelera al lado del pequeño escritorio, después comenzó a hurgar en su maleta en busca de una nueva.

Él estaba colocándose una camiseta limpia sobre su cabeza cuando la puerta del cuarto de baño se abrió. Kate estaba de pie en la luz con una toalla de baño a su alrededor. "Sabes, Sam, me parece absurdo que hayas reservado dos habitaciones. Además, ¿sabes cuánta agua podríamos ahorrar duchándonos juntos?"

Sam se volvió y la miró antes de retirar su camiseta. Él sonrió mientras se acercaba a ella y plantó su boca sobre la suya. Los dos retrocedieron al cuarto de baño y cerraron la puerta.

"Bienvenida a Brasil, doctora Beck", susurró contra su boca cuando la puerta del baño se cerró.

CAPÍTULO 15

A la mañana siguiente, a las ocho, Kate y Sam bajaron a la recepción, donde Sam usó su tarjeta de crédito para reservar la habitación de Kate durante los próximos siete días. Mientras dormía, había pensado algo; sus posesiones eran apropiadas para el viaje, pero los bolsos de Kate eran demasiado voluminosas para la excursión. Cuando se despertó, redujeron lo que llevarían a la excursión, lo empaquetaron juntos y decidieron mantener la habitación para que sus cosas se mantuvieran seguras.

Luego pidieron dos órdenes de sándwiches simples para llevar al servicio de habitación, que fueron traídos a ellos completamente empaquetados. El personal estaba bien informado de Sam y sus necesidades, y Kate vio que eran muy eficaces al servirle. En poco tiempo tenían todo lo que necesitaban, y estaban sentados en el vestíbulo esperando ser recogidos por Miguel Pereira.

Llegó diez minutos antes de las diez, y aunque llevaba una mirada muy seria en su rostro, era muy amable y complaciente. Sam y él intercambiaron un abrazo varonil antes de presentarle a Kate.

"Miguel, ésta es la doctora Beck", empezó. "Ella es una ornitóloga de los Estados Unidos; eso significa que ella se especializa en pájaros. Kate, este es Miguel Pereira. Él está con Expedition Amazon, y nos acompañará en nuestro viaje".

Miguel estrechó la mano de Kate. "Doctora Beck", dijo con un acentuado inglés. "Por favor, llámame Miguel".

"Llámame Kate", respondió ella.

Con las introducciones fuera del camino, los hombres empacaron el equipo en el SUV, y pronto fueron en la dirección de Expedition Amazon.

El viaje de Manaus a la compañía de viajes era apenas poco más de ciento cincuenta millas, así que Kate se acomodó en el asiento trasero con su cuaderno y pluma. Los dos hombres hablaron en el asiento delantero, y ella los escuchó sin interrumpir. Al principio discutieron al guía Rico, que había muerto a manos de la criatura que estarían cazando. Entonces comenzaron a hablar de su esposa embarazada, que se había mudado de nuevo con su familia después de su muerte. Según Miguel, la mujer estaba tomando la muerte de su marido muy mal, y ella había estado en cama desde su funeral.

Eventualmente, la conversación se enfocó en la caminata que estarían haciendo, y Kate tenía su pluma lista. Ella se había dado cuenta de que escribir notas le ayudaba a retener información, y era un hábito que practicaba regularmente. Ella era una firme creyente en que se debe escuchar bien antes de hablar, especialmente si uno estaba tratando de aprender.

"He asignado dos guías a la expedición", comenzó Miguel. "No creo que conozcas a ninguno de ellos: Abilio Fonseca y Glaucio Duarte. Ambos estaban ocupados cuando tuvimos la situación contigo y con Rico".

Sam parecía de repente muy concentrado. "¿Son conscientes de las circunstancias y de lo que todos estamos enfrentando potencialmente?"

Miguel asintió con la cabeza. "Oh, sí. Esta es en parte la razón por la que voy también, además del hecho de que me lo pediste. Yo también me lo tomé de forma personal cuando perdimos a Rico. Siento una fuerte obligación no solo de ir, sino de cuidar a los hombres que estoy enviando. Cuando me pediste que te acompañara, ya lo había planeado".

"Así que háblame de los hombres", preguntó Sam.

"Bueno", comenzó Miguel, "Abilio ha vivido en el área general toda su vida, y ha sido un guía con nosotros durante los últimos siete años. Glaucio ha sido un guía con nosotros solo durante tres, pero trabajó con Amazonia Destino, o Amazon Destinations, durante quince años. Vive y respira la selva".

Ahora Sam movió su cuerpo para ver a Miguel un poco mejor. "¿Alguno de estos hombres ha encontrado al animal?"

Miguel tenía los ojos fijos en el camino. "Glaucio afirma haber oído historias, aunque nunca lo ha visto con sus ojos, y no ha oído hablar de nadie muriendo. Él dijo que el conocimiento nos indica que el pájaro es fuerte y violento. Abilio dice que no ha oído nada y no tiene experiencia con él, pero cuando le dije de qué se trataba la expedición se mostró ansioso. Abilio tiene algo de reputación como soldado de la jungla. Muchos le piden que viaje con ellos por su nivel de coraje".

"Me gustaría tener una reunión antes de salir", dijo Sam. "Será importante proporcionar a la Dra. Beck de seguridad y procedimientos".

Miguel asintió con la cabeza. "Sí", respondió. Todos queremos presentarnos apropiadamente". Es importante saber con quién viajas".

El tema cambió bastante rápido después de eso, notó Kate. Los hombres comenzaron a hablar de fútbol, y el estado de ánimo en el SUV se iluminó mucho, pero cuando se acercaron a la compañía de viajes, Miguel redirigió la conversación a la tarea que tenían en sus manos. Quería que los dos supieran lo que les estaba dando.

"Veo que has traído equipo mínimo, y eso es bueno", dijo Miguel con naturalidad. "He suministrado tiendas de campaña y equipo para dormir, que ya está cargado en este coche. El otro vehículo llevará alimentos y bebidas, pero no será nada extravagante". Miró a Kate con el rabillo del ojo, luego miró a Sam.

"He informado a la doctora Beck de una manera muy minuciosa de cómo será todo mientras estamos aquí", respondió él. "Es una mujer inteligente, entiende la necesidad de un equipo reducido.".

De repente, Miguel giró el todoterreno por un camino que conducía a un lote principal bastante grande. Un edificio con una proyección masiva se situaba en la zona central de la propiedad, él condujo el coche bajo el saliente y aparcó allí. Kate tomó nota de las palabras en la entrada de vidrio:

Amazon Expedicao (Expedición por el Amazonas)

Passeios na Selva (Tours por la selva)

Miguel centró su atención en Kate en el asiento trasero. Puedes dejar tus cosas aquí si quieres, voy a cerrar el coche. Solo iremos a una breve reunión antes de partir.

"Gracias", respondió Kate. Guardó el cuaderno y la pluma y salió del asiento trasero.

Los tres cerraron las puertas del coche y Miguel activó el sistema de bloqueo. "Sígueme", les dijo, luego tomaron la delantera y se dirigieron al edificio.

Sam caminó junto a Kate, que estaba ocupada asimilándolo todo. Parecía segura y ansiosa, pero podía ver que la novedad de todo a su alrededor la tenía un poco abrumada.

"¿Cómo te sientes?", preguntó.

Ella le sonrió. "Bueno. Simplemente empapándome".

Él se acercó y le dio una caricia a su hombro, cosa que ella apreció. Pasaron por un área de recepción principal, donde un hombre en un escritorio hablaba en portugués por teléfono. Miguel y el hombre asintieron con la cabeza antes de que cruzaran otra puerta y caminaran por un largo corredor. Finalmente, al final del pasillo entraron en una sala que era obviamente para conferencias. Había una mesa con seis sillas alrededor en el centro de la habitación. Encima de una pared había un mostrador con un fregadero, cafetera, tazas y condimentos.

"Tomen asiento, doctora Beck, Sam. Siéntense donde quieran". Miguel se sentó a la cabecera de la mesa. "Glaucio y Abilio estarán aquí en breve. Llegamos diez minutos antes".

Los tres se sentaron en silencio mientras esperaban. Kate se volvió hacia una página limpia en su libreta, y en la parte superior escribió la fecha, la hora y un breve encabezado que le decía que habían llegado a la sede de la expedición. Apenas se terminó de abrir la puerta de la sala de conferencias, entró un hombre.

Miguel se levantó. "Sam, Dra. Beck, este es Glaucio Duarte. Él será uno de nuestros guías en la expedición".

Se estrecharon las manos, y luego Glaucio dijo en un inglés irregular: "Abilio viene".

El segundo guía apareció en menos de un minuto, y después de las presentaciones finales comenzó la breve reunión. Miguel se limitó a asegurarse de que sus hombres supieran que éste era el primer viaje de Kate a la selva. Debido a ese hecho, quería que ella se quedara cerca de uno de ellos en todo momento, preferiblemente Sam, quien estuvo de acuerdo.

"También para acomodar esto, estableceremos los campamentos para ti; tenemos más experiencia y terminaremos la tarea rápidamente", dijo. Dirigió su atención a Kate directamente. "Dra. Beck, la selva puede ser peligrosa, y vamos a estar en un área que no suele ser visitada. Por favor, no te vayas sola por ninguna razón".

Kate accedió de todo corazón, y ella se encontró cada vez más nerviosa con cada segundo que pasaba. Sam también debió haberlo notado, porque colocó su mano a su alcance para que la sujetara, mientras Miguel continuaba hablando. Se sonrieron el uno al otro, lo que ayudó a despejar su mente.

Después, Miguel explicó la razón de la expedición con los guías. Obviamente ya había repasado las cosas a fondo con ellos, pero hizo quedar claro que no podía ser lo suficientemente cuidadoso. Incluso les mostró algunas fotos de lo que Kate supuso que era el sitio donde Rico había muerto. Ella llegó a esa conclusión por la mirada en la cara de Sam, los otros hombres hablaban portugués, así que tuvo que adivinarlo.

A las tres ya estaban listos para partir, y todo el mundo parecía un poco ansioso. Se amontonaron en los SUV: Miguel, Sam y Kate en uno, y Abilio y Glaucio en el otro. Miguel condujo el vehículo en la delantera porque conocía el camino.

Kate se sentó en la parte posterior e intentó aclarar su mente para la aventura que se avecinaba.

∞

Harold Kreiger y Roy Hastings se registraron en la posada de Manaus exhaustos y sucios. Kreiger había optado por uno de los hoteles más baratos que pudo encontrar, y había insistido en que compartieran una habitación. Para cuando llegaron Hastings no tenía más espíritu de pelea en él. Kreiger lo había hecho miserable durante los últimos cuatro días.

Una vez que estaban en la habitación, Hastings se metió en la ducha mientras Kreiger comenzó a llamar a las compañías de expedición. Quería reservar una expedición asequible, pero por el momento solo necesitaba precios. Iba a tener que ponerse en contacto con la compañía que Daniels y Beck estaban usando, y sacar información para saber exactamente dónde estaban, y luego él reservar una excursión real.

También analizaba lo que debía decir exactamente a los guías. Ciertamente habían oído hablar del "pájaro", así como de la muerte que había causado. Seguramente la voz se corrió en el negocio, y si ese era el caso, él no quería decir que estaba básicamente 'acechando' a otro grupo. Por lo que sabía, todos ellos habían sido advertidos. Esperaba que no; no había ido tan lejos en vano, y así fuera lo último que hiciera, entraría a esa selva pisándole los talones a su competencia.

El viaje más barato, y al que estuvo más dispuesto de pagar entre los que pudo encontrar, fue una empresa con un pequeño anuncio que debería haberle dicho lo que estaba recibiendo, pero no le importaba. Se llamaba Expediçao na Selva, o "Expedición en la selva". Los precios que ofrecían eran lo más bajo que se podría encontrar, y dejó que el recepcionista supiera que llamaría de vuelta con la información turística adecuada para completar la reserva.

Ahora era el momento de llamar a Expedition Amazon y empezar a pescar para obtener información. Justo cuando se disponía a marcar el número, Hastings salió del baño, se vistió y se cubrió el cabello. Parecía revivido, y Kreiger se encontró a sí mismo deseando una ducha también.

"¿Ha habido suerte?", preguntó Hastings.

Kreiger suspiró y se sentó en su silla. "Encontré la compañía de viajes más razonable. Ahora voy a contactar a la que Beck y Daniels están usando, y trataré de extraer a alguien su ubicación".

Hastings tiró su toalla mojada por el suelo junto a la puerta y empezó a peinarse. "Bueno, me estoy muriendo de hambre. Voy a ir a ver qué puedo hacer. ¿Quieres que te traiga algo?"

"Sí, sí", dijo Kreiger. "Tráeme una porción de lo que consigas. Voy a terminar aquí para ducharme".

"Te veré en un rato", dijo el hombre al salir de la habitación.

Una vez que la puerta se cerró, Kreiger volvió su atención a la tarea en cuestión. Pensó en lo que iba a decir, y luego marcó rápidamente el número a Expedition Amazon antes de perder la paciencia. Sonó tres veces antes de responder.

"Estou sim?". Saludó el hombre del otro lado.

Kreiger había memorizado la línea más importante de portugués en la que podía pensar: ¿Usted habla inglés? Ya había tenido que usarlo cuando llamaba a las otras compañías de turismo, y parecía que esta llamada no sería una excepción.

"¿Voce fala ingles?"

"Sí, sí", fue la respuesta. "¿Cómo te ayudamos?"

"Yo soy el doctor Jones de Estados Unidos", comenzó él, caminando muy ligeramente con su enfoque. "Dos de mis socios van de gira, y están usando su compañía. Yo iba a reunirme con ellos, pero me dieron el lugar equivocado, y estoy usando otra compañía".

¿Con quién te reunirías? preguntó el hombre.

Kreiger se aclaró la garganta. "Con la Dra. Kate Beck y el fotógrafo Samuel Daniels".

"Un minuto". Kreiger podía oír el barrido de los papeles, pero el hombre del otro extremo no hablaba con nadie más y eso lo tranquilizaba. "Ellos van a un sitio no muy visitado en expediciones. Los papeles dicen que entran al punto cuatrocientos trece".

"¿Cuatrocientos trece?". Kreiger lo anotó rápidamente, su corazón latía más rápido ante su suerte.

"Sí, pero éste no es un sitio para ir a expediciones", repitió el hombre. "Solo para guías experimentados. ¡Muy peligroso! Si quieres, espera a que los contactemos y les digo que vienes. Así podrán buscarte".

Pero Kreiger ya había colgado, dejando al hombre confundido. Miró fijamente el teléfono muerto antes de encogerse de hombros y colgar, y en solo unos momentos se olvidó del Dr. Jones de los Estados

Unidos. Tal vez ya sabían que iba a venir. No era asunto suyo.

Kreiger se levantó, satisfecho, y entró en el baño para ducharse. Mientras el agua caliente fluía por su cuerpo, se echó a reír. Obviamente no habían advertido nada acerca de sus intenciones. ¿No es un sitio de turismo? ¿Peligroso? ¿Cómo de peligroso podría ser? Después de todo, este incidente fue el único de su tipo. Kreiger sacó las advertencias de su mente y terminó su ducha.

Cuando Hastings regresó con su comida, ya había llamado a Jungle Expeditions y reservado un tour, con un solo guía, hasta el punto cuatrocientos trece. El guía los recogería a la entrada de la posada a las ocho de la mañana, dándoles tiempo suficiente para descansar. La compañía también suministraría comida, agua y sacos de dormir durante los próximos tres días, y todo a un precio bajo.

Las cosas estaban empezando a ir por el camino de Harold Kreiger.

CAPÍTULO 16

Los dos SUV subieron por el estrecho sendero, con árboles colgados como techos protectores. Mientras hacía calor y el aire estaba húmedo, los árboles proporcionaban una sombra muy necesaria, y Kate no tardó en agradecer a sus estrellas de la suerte por la protección. A pesar de que el sendero era sombrío, fue capaz de disfrutar de las plantas y la vida silvestre, e incluso tuvo la oportunidad de apreciar una impresionante cascada durante la primera media hora de recorrido.

Sam y Miguel estaban hablando en el asiento delantero, y ella se acomodó solo para escuchar. La mayor parte de lo que decían era en portugués, ella asumió que se le hacía más fácil a Miguel. Por la forma en que estaban señalando y los tonos que sus voces tenían, ella pensó que estaban hablando de ese día fatídico en el que el 'pájaro' entró en sus vidas.

Después de un rato más, Sam se sentó en su asiento y empezó a concentrarse en el camino que tenía delante. En inglés, dijo: "Los gritos comenzaron justo aquí, creo". Después de solo un minuto más, dijo: "¡Sí! Sí, Miguel. Aquí fue".

Miguel se dirigió a un lado del camino, lo que en realidad no significaba mucho debido a la estrechez del sendero. Kate echó un vistazo por la espalda y vio que el otro SUV seguía su ejemplo. Miguel cortó el motor y todos se sentaron en silencio.

Después de un rato, el conductor se volvió hacia Sam. "¿Queremos acampar aquí, o quieres ir más allá?"

Sam lo pensó. "Tal vez un poco más allá. ¿Tienes armas? ¿Protección?"

Miguel asintió mientras miraba por la ventana la selva circundante. "Ambas, armas y pistolas de dardos tranquilizantes. Sabemos que es importante mantener a la criatura viva. Tienen una jaula grande en el espacio de carga en la parte posterior de su coche, y tienen armas también. Estaremos bien si tenemos cuidado".

Encendió el coche de nuevo y luego rodó su ventana hacia abajo y señaló a los hombres detrás de él con su brazo. Empezaron a moverse de nuevo, y esta vez manejaron durante unos diez minutos antes de que Miguel se detuviera en una sección mucho más ancha del sendero. Estacionó el vehículo y se volvió hacia Sam.

"Este es un buen lugar para estacionarse", dijo, "¿y ves el claro a la derecha aquí? Es perfecto para acampar. Cerca del agua".

Kate se dio cuenta inmediatamente de una pequeña cascada que estaba cerca del claro y que caía en un arroyo. La belleza de todo le trajo una sonrisa a su rostro. No podía creer que estuviera aquí.

Sam se volvió hacia Kate en el asiento de atrás y tocó su rodilla para llamar su atención. "¿Cómo estás?"

Se volvió hacia él, con una sonrisa pegada a su rostro. "Maravillosamente", dijo. "Solo una cosa: no creo que deba acampar sola, siendo ésta la primera vez y todo".

"No te preocupes", le dijo. "Compartiremos una carpa para dos personas. ¿Estás de acuerdo con eso?", Ella asintió con la cabeza, luego Sam dijo, "Deberías quedarte aquí, hasta que instalemos el campamento. Una vez hecho eso, nos aventuraremos un poco antes del anochecer, pero no por mucho tiempo. Simplemente entretente, ¿de acuerdo?"

Los hombres se pusieron a preparar el campamento mientras Kate se sentaba en la parte trasera del todoterreno, respirando profundo y tomando todo alrededor de ella y alrededor del sitio. Nunca había visto tal belleza, y los sonidos de los animales la seducían como nada en su vida. No podía esperar para empezar a explorar.

El campamento se hizo en tiempo récord, y pronto Abilio se acercó al SUV y abrió la puerta de Kate. "El señor Sam dice que puedes venir ahora si estás lista". Él le sonrió nerviosamente, y ella pudo notar que estaba teniendo cuidado de no ponerla nerviosa. Ella asintió ansiosamente y le entregó la maleta que sostenía las cosas de Sam y ella al hombre; lo tomó con un movimiento de cabeza y se retiró para darle espacio para salir.

Ella puso sus cosas en la tienda que Sam señaló, y luego salió con un pequeño dispositivo de grabación. Sabía que funcionaría mucho mejor que tratar de tomar notas, podría transcribir todo más tarde. Glaucio entregó botellas de agua con condensación en el costado, e inmediatamente bebió un sorbo; ella se dio cuenta de que estaba muy sedienta, e incluso un pequeño sorbo era refrescante.

"De acuerdo", comenzó Miguel mientras señalaba hacia el este. "Empezaremos primero en esa dirección, pero no iremos demasiado lejos. El señor Daniels dice que esa es la dirección de donde vino el animal".

"Gritó un par de veces, muy fuerte, antes de que llegara a nosotros", dijo Sam. "Sonaba como una mujer gritando".

Miguel repitió las palabras de Sam en portugués a los dos guías, que le saludaron con la cabeza mientras hablaba. Luego se volvió hacia Sam y Kate. "Está bien, vamos ahora".

Empezaron a caminar, y Kate notó un orden muy específico en la línea en la que caminaban. Miguel encabezó el camino; detrás de él estaba Glaucio, luego Kate, Sam y finalmente Abilio. Los dos guías y Miguel tenían armas en sus caderas y pistolas tranquilizantes en sus manos. Kate no sentía miedo, y el sonido de los animales y los pájaros que la rodeaban la hacían sentir bienvenida.

El grupo terminó caminando en un pequeño círculo alrededor del lugar donde estarían acampando. Kate concluyó que esto era para evaluar la seguridad del sitio y asegurarse de que estaban familiarizados con el entorno general. Para el momento, las sombras se comenzaban a hacer espesas y Miguel finalmente sugirió que regresaran, construyeran una fogata y comieran, luego se podrían relajar un poco antes de regresar.

"Mañana será un día importante para la exploración", dijo mientras observaba la zona. No quiero cansarme antes de empezar".

Se dieron la vuelta, esta vez Miguel levantó la parte trasera, y se dirigió de vuelta al campamento. Había sido un emocionante, si no decepcionante primer día, pero Kate tenía la sensación de que todos estarían recibiendo mucha emoción pronto. Lo mejor es dar un pequeño paso a la vez.

Kreiger y Hastings terminaron visitando un pequeño bar por la manzana del hotel antes de retirarse por la noche. Ambos pidieron un par de brandies y vieron a la gente y los alrededores, luego fueron de vuelta a la habitación. Ninguno de los dos pensó que fuera aconsejable enfrentarse al día siguiente ebrios o demasiado cansados.

Mientras Kreiger yacía en la cama doble con Hastings roncando en voz alta junto a él, planeó mentalmente su mañana. Ellos se levantaron y salieron a las seis y treinta, o siete, como mucho. El guía de Expedicao na Selva los recogería a las ocho y luego conducirían un par de horas directamente a la zona cuatrocientos trece; estarían allí a las diez.

Finalmente, se durmió, y soñó con dar discursos de aceptación y conferencias por sus hallazgos. En sus sueños era invencible, y vivía en la cima de su mundo. Finalmente tuvo todo lo que siempre quiso, y ni siquiera se preocupó por quién pagó todo.

CAPÍTULO 17

La pequeña fogata ardía sorprendentemente brillante, al menos en la opinión de Kate. Ella se sentó satisfecha en la abertura de la tienda que Sam y ella utilizarían, y trató de seguir la conversación que tenían, que estaba parcialmente en inglés y parcialmente en portugués. Finalmente, se dio por vencida y enganchó sus auriculares hasta su pequeña grabadora para transcribir lo poco que había tenido lugar durante su breve caminata por el campamento.

Habían comido sándwiches fríos de un refrigerador y agua fría, ambos de los cuales a Kate le resultaron ser muy satisfactorios. Estaba saciada y estaba feliz de escuchar la grabación que había hecho, porque tan pronto como terminara, su intención era descansar y descansar. Finalmente solo le llevó media hora, y tardó tanto solo porque era muy obsesiva cuando se trataba de notas.

Ella puso sus cosas dentro de su tienda, luego volvió a buscar un lugar para aliviarse. Mientras se levantaba, Sam la miró. Estaba tratando de leer su mente para que no tuviera que hablar en voz alta, pero a ella no le importó.

"Solo voy a ir al baño", le dijo.

Cogió una linterna al lado de su pierna y se puso de pie. "¿Quieres que vaya contigo?"

Ella asintió. "Es bastante oscuro, y no me llevará sino un minuto. Gracias".

"No hay problema", replicó, y la condujo detrás de la tienda y entre un follaje. Se ocupó de su asunto y se sintió extremadamente aliviada cuando él la alcanzó a través de las hojas con un rollo de papel higiénico.

"Oh, estaba a punto de entrar en pánico", se rió. Ella lo tomó de Sam, que también estaba riendo. "Muy divertido, Sam".

"Sí, bueno, puedes contar conmigo".

Pronto regresaron al campamento, y Kate entró en la tienda y se acurrucó en su saco de dormir. Los hombres respetuosamente mantenían su voz baja para permitirle dormir, pero su excitación la impedía dormirse demasiado rápido. Se encontró pensando en el pájaro, y preguntándose si tendrían tanta suerte como para localizarlo. Consumía sus pensamientos de vigilia hasta que el sueño ganó, y finalmente empezó a soñar.

De repente una mujer gritó, y gritó fuertemente, como si estuviera siendo asesinada.

Kate se sentó inmediatamente, con toda la atención y congelada en su lugar. De repente, los hombres se quedaron en silencio fuera de la tienda y ella se esforzó por oír cualquier cosa que pudiera, pero no llegó ningún sonido de ningún tipo. En un momento, oyó que uno de los hombres mandaba a hacer silencio a los demás, y podía distinguir sus sombras paralizadas a través del lienzo de su tienda, con los cañones en la mano.

El grito volvió a sonar, esta vez más fuerte, más cercano y más desesperado que antes. Un escalofrío recorrió todo su cuerpo y, por primera vez desde que habían partido en esta aventura, estaba asustada. Su sangre se le heló en las venas.

A través de la lona apareció una nueva sombra, y vino de repente. Aterrizó en lo que ella pensó era una pequeña mesa circular hecha de aluminio, y estaba a unos cinco pies del fuego en el lado opuesto de su tienda. Sam y Miguel estaban sentados a la derecha, y Glaucio y Abilio a la izquierda. Podía distinguir las sombras de los cuatro hombres y sus armas, pero esta sombra no era la sombra de ningún hombre; era la sombra de lo que parecía ser un pájaro enorme.

Kate contuvo el aliento, asustada de que la cosa la viera o la oyera a la luz del fuego y el silencio de la selva. En su frente brotó sudor y se dio cuenta de que estaba completamente petrificada.

Entonces escuchó a Sam hablar, con una voz que estaba justo encima de un susurro. Quédate ahí, Kate. No te muevas.

Abilio, que estaba sentado más cerca de su tienda de campaña a la derecha, estaba levantando lentamente su pistola de tranquilizantes. El animal siguió su movimiento de manera brusca y se volvió hacia él, lo que hizo que Miguel y Glaucio hicieran lo mismo. El pájaro tomó nota de todo, su cabeza grande balanceándose hacia adelante y hacia atrás con cada uno de sus movimientos.

Sam habló de nuevo, esta vez su voz un poco más insistente. "No miren a sus ojos, hombres. No lo miren a los ojos".

El pájaro lanzó otro grito, con la cabeza echada hacia atrás y la boca abierta. Vaya, cómo deseaba Kate poder verlo. ¿Para qué vino si no podía observarlo? ¿Cuál había sido el punto?

Se inclinó hacia delante y abrió la puerta de la tienda muy lentamente, y el pájaro no perdió el movimiento. Se volvió hacia ella, su cabeza y cuerpo claros a la luz del fuego, y Kate consiguió una buena mirada antes de que sus sentidos tomaran el control. ¡No debe mirarlo a los ojos! Rápidamente se agachó y dejó caer la mano de la cremallera.

Luego vino un sonido como un fuerte 'zip' seguido de un gemido. El pájaro dio otro grito, y luego en una tormenta de plumas que aleteaban tomó vuelo. Siguió golpeando sus plumas mientras flotaba sobre el campamento por un breve instante, lanzó un último grito y salió a la noche.

"¡Fallé!". Era la voz de Glaucio. Había intentado disparar un tranquilizante al animal, pero su mano temblorosa y asustada había fallado. "Lo siento. ¡Fallé!"

Los hombres estaban de pie, sus armas en el aire ondeando, las linternas ardiendo. Kate desabrochó su tienda de campaña y notó a Sam, que también parecía estar cargando un arma. Todos estaban dando vueltas en círculos e intentando ver al animal una vez más.

Después de unos diez minutos de caos, Miguel habló. "Ha desaparecido. Creo que se ha ido".

El alboroto comenzó a ceder, pero Kate podía notar que los hombres estaban al borde. Miguel continuó: "Tomaremos turnos esta noche. No es seguro para todos nosotros dormir al mismo tiempo". Se volvió hacia los dos guías. "Sam y yo iremos a la una de la madrugada. Ustedes dos asumirán el control e irán las a cinco. Entonces nos dirigiremos hacia afuera. Se dirigió hacia esa dirección tan lejos como pudo".

Sam estuvo de acuerdo. "Siguió el mismo camino que la última vez: Hacia el este".

Pasaron unos veinte minutos antes de que los hombres estuvieran lo suficientemente calmados para comenzar a llevar a cabo el plan para la noche. Una vez que estuvieron un poco tranquilos, los dos guías fueron a su tienda y entraron. Kate los observaba por encima de sus hombros todo el tiempo, hasta que estaban seguros encerrados en su tienda. Sam se agachó junto a Kate, justo dentro de su tienda.

"¿Estás bien?", preguntó.

Ella asintió. "Ojalá no hubieras intentado abrir la tienda", continuó.

"Si no estoy aquí para estudiar, para ayudar, entonces ¿por qué vine? Tal vez deberías mostrarme cómo usar una de esas malditas armas, así no estaría tan indefensa", dijo con un desafiante movimiento de cabeza. Soy científica, Sam. ¿Qué esperabas?

Sam se volteó y miró a Miguel, quien lo observó y se encogió de hombros antes de volver su atención a la noche y a su vigilia. Entonces se volvió hacia Kate. "Como seguramente habrás oído, voy a llevar la primera guardia con Miguel. Trata de dormir un poco. Te despertaré a la una, cuando cambiemos de turno, ¿de acuerdo?".

Él se inclinó hacia adentro y la besó en la boca, y ella le devolvió el gesto antes de inclinarse hacia atrás y decir, "Era hermoso, Sam".

Él asintió con la cabeza y suspiro profundamente. "Ese es el problema", respondió.

∞

Kate se acostó y se las arregló para dormir muy poco. El sueño que tuvo estaba lleno de gritos de pájaros, y más de una vez se despertó sorprendida por los sonidos que inundaban su cabeza. Cuando Sam la despertó a las diez después de que uno de los chicos le avisara que estaba allí, ella lo envolvió en sus brazos y se aferró a él.

"¿Vas a estar bien?", preguntó una vez más mientras se instalaban.

"Mmm-hmmm", ella respondió.

Él entrelazó sus dedos con los de ella y continuó. "Por la mañana, antes de salir, encontraremos un lugar cerca del agua para que puedas refrescarte si quieres; los días aquí pueden sentirse muy pegajosos".

Ella no respondió; ya se sentía más segura, y el dormir se hizo mucho más fácil esta vez. No había más gritos en sus sueños, y no había más caos afuera de la tienda. Parecía que el animal se había asustado, pero todos esperaban que no fuera para bien. Incluso Miguel,

Glaucio y Abilio estaban empeñados en encontrar esa cosa cuanto antes, y averiguar cómo someterla.

Sam mismo estaba obsesionado. Intentó dormir, pero le costaba. El último pensamiento consciente que tuvo antes de caer a la deriva fue: "Espero que sea el único. Espero que no haya más". Con ese pensamiento, finalmente Sam Daniels comenzó a soñar.

CAPÍTULO 18

Kate se despertó por los sonidos de la selva: los pájaros, los insectos y la cascada cercana... Al principio, justo después de abrir los ojos, simplemente se quedó ahí, quieta y sonriendo, pero luego recordó la criatura, hermosa y aterradora a la vez. Recordó su grito y su determinación, y se sentó derecha en su saco de dormir, con el corazón latiendo fuerte. El saco que estaba junto al suyo estaba vacío. ¿Dónde estaba Sam?

Tan pronto como el pensamiento cruzó su mente oyó su voz, hablando en tonos bajos fuera de la tienda. "Voy a despertar a la Dra. Beck con este café. Quiero darle tiempo para que visite el agua si quiere y complacerla". Apenas pronunció las palabras, el cierre de la carpa bajó lentamente.

"Buenos días". Sam sonrió mientras asomaba una taza de metal llena de líquido negro caliente a través de la abertura. "Me parece recordar que lo tomas con crema".

Kate sonrió y extendió la taza con gratitud. "Gracias, y buenos días para a ti".

"Los otros ya se levantaron; No creo que ninguno de nosotros haya descansado bien anoche", dijo Sam encogiéndose de hombros. "Estos tipos son soldados, sin embargo, y un café fuerte no cae nada mal. Tómate unos minutos para despertar si quieres, entonces podemos caminar hasta el agua".

Kate sorbió el café y se estremeció ante su potencia. "Vaya", dijo ella. "No tardará mucho, estoy bastante segura. No con estas cosas".

Sam rió entre dientes y se balanceó sobre sus tobillos, luego volvió a cerrar la tienda. Kate tomó otro trago de café antes de soltar la taza y sujetarle la mano hasta la rendición. Ella buscó en el bolso que estaba compartiendo con Sam y encontró una pequeña bolsa de maquillaje que sostenía un cepillo de dientes de viaje, pasta y un pequeño cepillo de pelo. Eso sería todo lo que necesitaba. Una vez que se puso los zapatos, agarró también la taza y salió de la tienda.

Los cuatro hombres ya tenían sus carpas abiertas y empacadas, y todos sus otros aparejos estaban organizados, listos para moverse. "Estoy listo si tú lo estás, Sam. ¿Debo doblar los sacos de dormir primero?"

"No", respondió. "Los chicos se encargarán de eso. Sígueme".

Kate siguió a Sam mientras la conducía entre bellas plantas verdes y entre matorrales con hojas enormes. Se abrieron un poco, pero en poco tiempo estaban en el agua, la cascada vertiendo maravillosamente sobre las rocas cercanas. Kate recobró el aliento ante la vista, luego se dio cuenta de que el sonido del agua la obligaba a ir al baño desesperadamente.

"Oh, rayos, Sam, se me olvidó", comenzó ella.

Sam se volteó y sonrió, sosteniendo un papel higiénico para ella. "Yo no".

"Vaya, no sé qué haría sin ti". Tomó el rollo y le tendió la bolsa de maquillaje para que él la sujetara. "Ahora vuelvo"

Él sonrió y se volvió para mirar el agua. "Tómate tu tiempo".

Kate encontró un lugar privado en la vegetación a solo seis pies de distancia. Se alivió rápidamente, y se aseguró de recoger el papel que utilizó, envolviéndolo dentro de más papel. Cuando volvió a Sam, él le mostró su bolsa de maquillaje.

"Hay un lugar donde se puede llegar al agua con bastante facilidad", le dijo, señalando un pedazo de tierra nivelado al borde del agua. Kate se llevó sus cosas y caminó con facilidad.

Le tomó solo diez minutos lavarse los dientes, lavarse la cara, y pasar el cepillo a través de su cabello. Colocó un soporte de cola de caballo, llenó sus cosas y volvió a Sam. Se acercó a ella y tomó su rostro entre sus manos. La miró a los ojos por un momento antes de presionar sus labios contra los suyos. Parecía que lo hacía de manera tentativa, así que Kate tomó la delantera. Dejó caer su pequeña bolsa en el suelo, puso sus manos en el pelo de él y lo atrajo hacia ella. Sus lenguas se encontraron rápidamente, y ella presionó su cuerpo contra él apasionadamente.

Sam se retiró y sonrió, luego volteó y miró hacia atrás en la dirección de su campamento. Podían oír las voces de Miguel y los guías, pero la vida vegetal les proporcionaba un espacio muy privado. Se volvió hacia ella para verla sonreír.

"Parece una oportunidad perfecta para mí", susurró.

La mano izquierda de Sam se acercó a su pecho, el cual apretó suavemente mientras acariciaba su pezón con el pulgar. Kate tampoco perdió el tiempo. Sus manos fueron al cinturón, desabrochándolo en segundos. Dejó llevar sus manos por la parte delantera de sus pantalones y su ropa interior, para descubrir que estaba duro como una roca, así que lo acarició mientras su lengua se lanzaba alrededor de su boca.

Los dos siguieron tanteando y besándose cuando Sam comenzó a bajarla al suelo. Ella lo detuvo solo el tiempo suficiente para quitarse los pantalones de una pierna, las abrió para él entonces, y después de burlarse de ella con su erección solo por un momento, lo empujó dentro de ella, luego se desaceleró para hacerla durar más de treinta segundos.

Se movieron juntos, con los labios cerrados, sin hacer ruido. Después de un minuto, los movimientos de Kate se hicieron cada vez más febriles. Se apartó de su boca y lo miró a los ojos. "Me voy a venir", susurró ella. Sus ojos se cerraron, y pudo sentir el suelo debajo de su fondo desnudo mientras se venía. Su cuerpo se tensó y presionó contra él con urgencia, y eso fue todo lo que le tomó a Sam. Se enterró profundamente dentro de ella con un último empujón, dejando ir todo lo que había estado tratando de contener.

Se tendieron en el suelo recuperándose por un breve instante antes de oír a Miguel. "¡Estamos casi listos, señor Daniels!"

Sam la miró y empezaron a reír. Finalmente, se separaron y Kate dijo: "Iré al baño otra vez". Tomó el papel higiénico y se agachó de nuevo en las hojas de gran tamaño. Cuando volvió, estaban todos juntos, Sam se había enderezado también. Kate encontró su bolsa en el suelo, le dio la mano a Sam y, con grandes sonrisas, regresaron al campamento.

Entonces, ¿cuál es el plan? Preguntó mientras caminaban.

"Al Este", respondió. "Nos dirigimos hacia el este, igual que el pájaro. Cuando Miguel y yo sacamos nuestro turno, escuchamos un par de gritos más. Eran distantes, pero ambos acordamos que vinieron directamente desde el este".

Kate asintió con la cabeza. "Suena bien. ¿Qué hora es?"

"Probablemente las seis. Queríamos que los guías tuvieran un descanso extra de media hora, así que no nos movimos hasta las cinco y media, pero ya estaban levantados".

Volvieron al campamento y los hombres cogieron el equipo. "Todos estamos listos, ¿verdad?". Miguel tenía una sonrisa en la cara, y si Kate no se equivocaba tenía una mirada llena de ansiedad. Volvió su atención hacia ella y le entregó lo que parecía ser una barrita de energía. "Desayuno para la dama. Come cuando quieras".

Se alinearon en el mismo orden que el día anterior y comenzaron su caminata. Kate tenía una sensación en relación al día: era una mezcla de temor y emoción. Solo esperaba que el «temor» no fuera un presagio terrible.

∞

Harold Kreiger y Roy Hastings viajaban en un camión grande; su guía los había recogido unos quince minutos antes, y Kreiger se había alegrado. Tuvo dificultad para dormir toda la noche, y cuando se levantó de la cama, se vistió y despertó a Hastings, que estaba listo para salir, ya a las seis y media.

Condujeron hasta las diez y media, momento en el que llegaron al marcador '413'. Un sendero muy estrecho se desvió en aquel punto. Su guía, un hombre de unos veintiséis con el nombre de Marcario Araullo, parecía conocer el camino a su alrededor y estaba dispuesto a complacer, aunque Kreiger no tenía ni idea de la cantidad de experiencia que realmente tenía. De hecho, la pregunta ni siquiera cruzó la mente del paleontólogo.

En realidad no hablaban, aunque el guía hablaba bastante bien el inglés. Después de pasar el 413 y subir el camión por el sendero, se volvió hacia Kreiger. "¿Dónde ahora, señor?"

"Eh, simplemente sigue adelante hasta que veamos a mis socios, hum, mis compañeros", dijo Kreiger, mirando al hombre por el rabillo del ojo. "Estarán en alguna parte. Salieron ayer". El guía asintió y continuaron conduciendo. Después de aproximadamente una media hora se encontraron con dos SUV. Ambos estaban marcados con "Expedition Amazon", en las puertas delanteras, y aunque fueron tirados a un lado del sendero, había poco espacio para que el camión pudiera moverse.

"Detente. Quiero asegurarme de que son ellos", dijo Kreiger. El guía detuvo el camión y Kreiger subió del lado del pasajero y se acercó a los vehículos. Puso la mano sobre el capó de la que estaba delante: estaba fría, como la segunda.

Marcario bajó la ventanilla del conductor y se inclinó. "Podrían estar muy lejos, señor", dijo. "Si van de excursión, se estacionan y acampan en otro lugar. Mire", el hombre señaló a un claro cercano. "En el medio estaban los restos de un fuego, el humo que se deslizaba hacia el cielo. Apuesto a que acampan allí".

Kreiger se dirigió al claro. El fuego no era más que pedazos de escombros, el humo un recuerdo decaído. Podía ver donde habían estado probablemente las carpas, tres de ellas, para ser exactos. También había otros signos reveladores. Según lo que Kreiger vio, suponía que habían desaparecido tres o cuatro horas antes, tal vez más.

Regresó al camión y notó que Hastings estaba durmiendo atrás, con la boca abierta. Kreiger sacudió la cabeza con disgusto y volvió a su asiento. "Si se fueron temprano, por ejemplo, a las seis de la mañana, ¿a qué distancia estarían?", preguntó al guía.

Marcario se encogió de hombros. "Si van rápido, probablemente estarían a una hora en coche. Lento, treinta o cuarenta y cinco minutos. Podemos conducir y ver cómo vamos. Probablemente no están demasiado lejos de la ruta".

Kreiger se abrochó el cinturón de seguridad. "¡Vamos entonces, hombre!". Marcario puso rápidamente el camión en marcha y luego se alejó.

Bueno, había encontrado su campamento; al menos, estaba dispuesto a apostar que lo era. Él sabía de las notas robadas de Jason Seward que era el sitio donde la criatura fue vista por primera vez. Estaba fuera de los caminos trillados y normalmente no se visita durante las expediciones. Según Sam Daniels, su difunto guía le había dicho que era un lugar secreto, así que estaba seguro de que era su campamento de la noche anterior. Estaban cerca, casi podía olerlos.

Hicieron su camino lentamente alrededor de los dos SUV y luego recogieron su velocidad un poco. Pronto encontrarían a su grupo y Kreiger intentaría seguirlos a escondidas. Le decía a Marcario que mantuviera la boca cerrada y que hiciera lo que él decía, que lo guiara como le había pagado para que hiciera, y le ayudara a rastrear al grupo.

Sería demasiado fácil.

CAPÍTULO 19

A las once en punto, Sam, Kate y los demás hombres habían empezado a sentir un poco de apetito. Sam sabía que los hombres estarían bien, pero era Kate la que le preocupaba. Abordó a Miguel mientras caminaban.

"¿Quieres parar para que podamos comer algo rápido, un almuerzo temprano?"

Miguel se detuvo y miró a su alrededor. "Aquí no hay ningún lugar adecuado, pero seguro de que pronto encontraremos uno. Vamos a caminar un poco más. Tengo una sopa enlatada en mi mochila, suficiente para todos, en latas grandes. Podemos construir una pequeña fogata y comer alimentos calientes. Eso es mucho mejor para una buena energía".

Sam asintió con la cabeza y le preguntó a Kate, "¿Estás bien por ahora?"

Había esperado a comer su barra de energía hasta las nueve y media, así que se las arreglaría. Ella asintió con la cabeza y el grupo partió de nuevo. No tuvieron que ir muy lejos; llegaron al lugar perfecto, un pequeño claro rodeado de rocas, solo diez minutos más adelante.

Kate se escapó para aliviarse mientras los hombres construían la pequeña fogata para cocinar. Le tomó solo un momento, y ella se estaba atando los pantalones cuando escuchó un coche. Fue tan sorpresivo que la hizo detener lo que estaba haciendo de inmediato y mirar a su alrededor. No vio nada, pero el sonido parecía hacerse más fuerte. Kate finalmente consiguió sujetar sus pantalones y rápidamente regresó con el grupo.

Al acercarse al claro, el vehículo se detuvo. Podía verlo entonces, o al menos el capó del coche. Parecía ser un camión de color beige. Una puerta de coche se cerró de golpe y oyó la voz de Miguel con claridad.

"Alguien está aquí con nosotros, señor Daniels".

Kate aceleró el paso y se dirigió hacia los hombres. Justo cuando entró en el claro Harold Kreiger apareció, saliendo de detrás de algunas hojas. Tenía una expresión de sorpresa en su rostro, como si no esperara que estuvieran directamente al otro lado de la vegetación.

"¿Qué diablos, Harold?". Kate estaba furiosa. ¡El idiota había usado las notas de Jason para localizarlos! Ella giró sobre sus talones y caminó hacia él, roja de rabia. Nadie estaba tan sorprendido como Kreiger cuando Kate lo alcanzó, retrocedió y le dio una palmada en la cara.

"¿Cómo te atreves, cómo te atreves a llegar tan lejos? Estaba tan enojada que estaba temblando".

La mano de Kreiger subió a su mejilla y la acarició. Kate miró a los hombres y todos estaban de pie. Ambos guías tenían las armas apuntadas y Sam y Miguel parecían listos para pelear.

De repente, el paleontólogo estalló en risas. "Yo diría que esto es un juego justo en este punto, ¿no es así, Dra. Beck?"

Kate no pudo hacer otra cosa que menear la cabeza con disgusto. Su mente se aceleró al considerar sus palabras. Finalmente, ella le dijo: "Haz lo que quieras, Dr. Kreiger. Voy a asegurarme de que pierdas tu posición en la universidad. Una vez que esté hecho, lo que hagas o dejes de hacer aquí no valdrá una mierda".

Kreiger rió de nuevo. "No es como si te esté pidiendo que me dejes unirme a ti, ¿no?"

"Habría sido mucho más noble de tu parte pedirme eso, que hacer las cosas como has hecho hasta ahora", replicó ella. Se volvió hacia Sam. Digo que lo dejemos ir delante. Déjenlo ver si puede encontrarlo, ya que parece saber mucho".

Sam sacudió la cabeza, una mirada de asombro en sus ojos. "Kate, hemos llegado tan lejos..."

"Sí, Kate", dijo Kreiger, sonriendo mientras se frotaba la mejilla roja. "Es justo que te deje seguir adelante".

Otras dos puertas de coche se cerraron y pronto Roy Hastings y un hombre en kakis aparecieron fuera de la vegetación detrás de Kreiger. Hastings tenía una mirada asustada en su rostro, como si todo esto fuera más de lo que había esperado. El otro hombre simplemente parecía confundido.

"No vamos a llevarte a ninguna parte", dijo Kate con voz temblorosa.

Kreiger se quitó el sombrero que llevaba en la cabeza y miró el cielo y las hojas por encima. "Bueno", dijo, "parece que tú y tu grupo se dirigen hacia el este. Solo puedo suponer que sabes el camino correcto". Miró a Kate, con una sonrisa astuta en su rostro. "¿Lo has visto ya?"

Como si estuviera a punto, un grito ensordecedor llenó el aire que los rodeaba. Todo el mundo se congeló, salvo Miguel, que sacó su pistola tranquilizante de su cinturón y comenzó a buscar en el cielo a su alrededor con los ojos. Los otros dos hombres, Abilio y Glaucio, mantuvieron sus pistolas puestas mientras exploraban sus alrededores. Los ojos de Kreiger se iluminaron al tomar nota de su reacción, parecía que Hastings pudiera hacérselo encima.

El grito volvió a aparecer, más cerca ahora, y de repente una ráfaga de alas llenó sus oídos. Luego, en un joven árbol ceibo que había sido talado cerca, la criatura brilló. Sus garras se agarraron con un sonido audible, y mientras se asentaba, ofreció otro chillido ensordecedor.

Todos los hombres en el grupo de Kate y Sam, incluido el propio Sam, tenían armas de mano o pistolas tranquilizadoras listas. "No lo mires", dijo Sam. "No a los ojos".

Kate apartó los ojos de la criatura mientras mantenía su posición cuidadosamente. No tenía intención de llamar de nuevo la atención con su movimiento, pero Hastings se desmayó y cayó al suelo. Kate apartó los ojos de Hastings hacia el joven guía, cuyos ojos se abrieron con asombro mientras miraba a la hermosa criatura.

"No le mires los ojos", le susurró al hombre, pero él no prestó atención a sus palabras. Miró a Kreiger y vio que él también miraba directamente al animal.

"Nunca he visto", tartamudeó, "nunca he visto nada parecido".

El joven guía dio un paso adelante, como para acercarse a la criatura, pero Kate levantó el brazo instintivamente. "¡No!", dijo entre dientes. El hombre no pareció notarla en absoluto, pero se detuvo en su camino. Ya no importaba; Kreiger estaba enganchado, y parecía que el animal estaba totalmente absorto con el paleontólogo.

Él la miró, su corazón acelerado. Sin apartar la vista, Kreiger dijo: "¿Ves? No necesitaré más tu guía. Me has mostrado muy bien el camino".

Dio un paso hacia el pájaro, mirando y sonriendo. El pájaro empezó a hacer un sonido de canto en su garganta, casi como un gargarismo musical. Kreiger dio otro paso más.

"¿Cómo piensas capturarla, Harold?". Kate temía por el hombre. Ella sabía en su corazón que él estaba perdido, del mismo modo que Sam le había dicho que Rico había estado. "Kreiger, ¡piensa en lo que estás haciendo!"

Miguel, Sam, y sus dos guías simplemente observaron cómo Kreiger se acercaba al animal, que casi parecía comenzar a sonreír. No le importaba nadie más, solo el científico estúpido y egoísta que se acercaba a él.

Cuando Kreiger estaba a cuatro pies de distancia, Sam finalmente habló."Dr. Kreiger, te estás confundiendo".

Él rió entre dientes y acortó la brecha entre él y la criatura. Ahora estaba a solo un pie delante de él. La cosa siguió cantando su extraña canción mientras sostenía los ojos de Kreiger. Inclinó la cabeza hacia la izquierda y luego hacia la derecha. Las manos de Kreiger surgieron, como si fuera a tocar o acariciar a la criatura, pero sus manos nunca terminaron su viaje.

La cosa se sentó en el tronco del ceibo caído a la altura del pecho con el Dr. Kreiger. De repente, su 'mano' izquierda se disparó y agarró fuertemente al hombre por el hombro derecho. Los crecimientos parecidos a las garras en las puntas de las falanges se rompían a través de su camisa como si fueran mantequilla blanda, y pronto la sangre floreció a través de la tela de algodón blanco. Su 'mano' derecha se agarró a su rostro con gran fuerza, desgarrando la carne y rompiéndola en pedazos. Kreiger abrió la boca y gritó, pero al animal no podría haberle importado menos su llanto. Justo como Sam lo había descrito, apuñaló los ojos del hombre con dos rápidos golpes de su pico, y abrió las alas y comenzó el vuelo, con el hombre pateando y gritando debajo de él.

Entonces abrió la boca y emitió otro grito, más fuerte debido a la proximidad. Las manos de Kate se acercaron a sus oídos, y ella se estremeció de dolor. Por el rabillo del ojo vio las hojas de la vegetación que Kreiger había atravesado, y se volvió en su dirección. El joven guía había desaparecido. Había salido corriendo hacia el camión aterrorizado, dejando que las dos personas a su cargo se defendieran por sí mismos. Oyó el motor arrancar, y vagamente escuchó los neumáticos haciendo tracción en el suelo de la selva, luego el motor se desvaneció en la distancia.

La criatura flotó en el aire con Kreiger, su grito continuo parecía durar una eternidad. La sangre goteaba del hombre en grandes proporciones, y caían al suelo muchas salpicaduras. Kreiger se retorcía, y Kate sabía que probablemente estaba en estado de shock. No importaba; estaba prácticamente muerto.

Entonces, el ave se elevó al cielo, evitando los árboles y las hojas con gracia y habilidad. Sam y Miguel salieron del shock, trajeron las pistolas tranquilizantes y a ambos abrieron fuego. El objetivo se perdió, y se desvaneció en el cielo, ya que se alejó del grupo.

Detrás de ella, Kate oyó gemidos. Se volvió para ver a Hastings sentado en el suelo de la selva temblando como una hoja. "¿Qué?", se acercó a él y se arrodilló a su lado. Tan pronto como lo tocó para consolarlo, se quebró como un niño pequeño, llorando y agitando con grandes sollozos.

Volvió su atención a Sam y sacudió la cabeza. Sam simplemente la observó por un momento, luego se volvió hacia Miguel. "Tenemos que atraparlo. Tenemos que atraparlo y detenerlo", dijo en voz baja.

Miguel asintió y siguió mirando el cielo ahora vacío. "Así es, debemos hacerlo".

Se elevó sobre los árboles, subiendo, pareciendo casi bailar en el viento. Tenía a su presa sujetada en sus poderosas falanges; había dejado de luchar hace mucho tiempo. Se llevaría su comida a su nido y cenaría con su sangre. Hasta que alcanzara el nido bailaría en el viento mientras que volaba.

Después de quince minutos llegó a un enorme árbol Ceibo que sobresalía por encima del resto. Allí, enclavado en la parte superior, había un nido gigante hecho de hojas, tierra y otros trozos de escombros. El nido era tan grande como un pequeño estudio y proporcionaba a la criatura toda la habitación que necesitaba.

Se posó sobre la parte superior de su hogar, apuntando al sitio donde lo dejaría caer, y lo soltó. Tan pronto como Kreiger cayó el nido, se despertó; solo se había desmayado. No podía ver, y de pronto el recuerdo de lo que le sucedió le inundó la mente. Su piel ardía y sangraba, así como sus ojos, o lo que quedaba de ellos.

Kreiger gritó y comenzó a revolverse. La criatura se sentó en el borde de su nido y vio a su presa llorar y luchar ciegamente. Se divirtió, e incluso parecía sonreír mientras miraba el espectáculo.

La presa gritaba y sollozaba, gateando sobre sus manos y rodillas, buscando cualquier modo de salir del problema en el que se encontraba. La criatura dejó que hiciera lo que quisiera, pero solo por un corto tiempo. Pronto, el estruendo en su estómago fue más fuerte que los gritos de su comida, y se zambulló, dirigiendo su pico afilado directamente hacia la espalda del hombre. El pico salió por el otro lado, ensangrentado, goteaba como un grifo abierto.

El cuerpo de Kreiger se sacudió una, dos, tres veces. De repente, sus gritos se detuvieron y se quedó sin fuerzas. La criatura retiró su pico y observó cómo su presa se derrumbaba en el suelo del nido. Sacó su lengua rosada y probó la sangre, luego cargó y cubrió al muerto.

El Dr. Harold Kreiger encontró lo que había venido buscando.

CAPÍTULO 20

Kate no podía creer lo que había presenciado.

Se sentó cerca del agua, en una roca, con los codos apoyados en las rodillas y la barbilla entre las manos. Parecía traumatizada. Se asombraba de la falta de compasión que sentía por su colega.

Era porque lo había pedido; Kreiger se lo había buscado.

Se volvió y observó mientras los guías montaban el campamento. Eran casi las siete de la noche, y no estaban dispuestos a viajar de noche después del incidente con la criatura. Hastings estaba sentado en el suelo mirando el fuego que habían construido. Estaba bastante segura de que el hombre nunca volvería a ser el mismo. Siempre había sido un poco débil.

Se volvió hacia el agua y se agachó para sumergir su dedo. Estaba increíblemente claro, podía ver las rocas en el fondo casi como si no hubiera agua en absoluto.

Estaba tan helada, que imaginó que tenía un sabor celestial.

Vino a ella de nuevo la imagen de Kreiger colgando de la mano de la criatura, pero ahora no pensaba en el paleontólogo muerto; estaba pensando en el animal que lo había matado. Ciertamente parecía un pájaro, con sus rasgos impresionantes y pico afilado. Pero esa cosa no era un pájaro. Después de observarlo en el trabajo estaba segura de eso, en ese momento deseó con todas sus fuerzas haber estudiado los dinosaurios después de todo.

Fue brutal en su violencia, y mató con propósito e intención. Había astucia en sus ojos, una que parecía igualada solo por los humanos. Estaba segura de que, aparte de su físico, era por eso que los ojos de la criatura parecían tan... humanos. Lo sabía.

"¿Cómo estás, Kate?". Sam se había acercado silenciosamente por detrás de ella, pero ni siquiera la sorpresa de su voz la perturbó. Dudaba mucho que alguna vez algo la volviera a molestar.

Se volvió hacia él y sonrió. Supongo que estoy tan bien como se puede esperar.

Sam se sentó a su lado en el suelo y le frotó la espalda con la mano. "Siento que hayas tenido que ver eso".

"Fue como tú dijiste", respondió ella, concentrando su atención en el agua limpia.

Sam gruñó. "Desafortunadamente… Podría pasar el resto de mi vida sin volver a ver eso".

Kate se volvió hacia él y sonrió. "Yo también".

Estuvieron callados por un minuto antes de que Sam hablara. "¿Qué crees que es, Kate?"

"Bueno", dijo ella, "creo que Kreiger tenía razón. Creo que probablemente sea un dinosaurio, o estar relacionado. Creo que las aves pueden haber evolucionado a partir de ellos, posiblemente. De todos modos, es imposible saberlo realmente sin capturarlo y estudiarlo. Lo quiero vivo, después de hoy estoy dispuesta a hacer lo que sea necesario".

Se rieron de su broma, pero ambos sabían que si esa cosa tenía que ser asesinada entonces sería así. Se quedaron sentados en silencio por un momento, Kate alargó la mano y tomó la mano de Sam. La apretó, y continuaron en su silencio.

Después de un rato preguntó: "¿Quieres caminar por el agua?"

Kate miró un poco la orilla y luego sonriendo y asintió. "Creo que me gustaría eso", respondió.

Se pararon y se tomaron de las manos mientras avanzaban por el borde del agua. No había necesidad de palabras; las cosas que no habían dicho hablan por sí solas. Después de unos diez minutos, Kate se volvió y miró hacia el campamento. Podía ver el humo del fuego, pero el campamento estaba bloqueado por la vida vegetal. Luego miró al cinturón de Sam, y cuando vio que estaba armado, soltó un suspiro de alivio.

"Quiero nadar", dijo con simplicidad.

Se detuvieron y Sam miró el agua. "Bueno, ¿por qué no te echas un chapuzón?", le preguntó a ella.

"¿Por qué no lo haces conmigo?"

Los ojos de Sam se alzaron hacia el cielo y su mente hacia la criatura. No había escuchado gritos desde que el ave despegó, y probablemente tenía el estómago lleno en este momento. Miró la pistola de mano, luego la pistola tranquilizadora, ambas en su cinturón. Sacó la pistola de la funda y asintió con la cabeza. "Ok, bien. Creo que lo haré".

La pareja se desnudó en poco tiempo, y pronto se encontraron en el agua limpia y clara. Kate quería estar más cerca de la orilla, y Sam estuvo de acuerdo. Pensó que estaban más seguros en el agua que en la tierra, pero tenía su arma, así que no importaba. Mantuvo la pistola por encima del agua, y los dos saltaban de arriba abajo, hablando de Hastings.

"Es una carga para nosotros", decía Sam. "Espero que encontremos esta cosa y salgamos de aquí pronto. Parece que el tipo está hecho un desastre".

Kate recorría el agua, avanzando hacia él mientras hablaba. Puso sus brazos alrededor de su cuello y envolvió sus piernas alrededor de su cintura, entonces plantó sus labios firmemente en los de él. Sabía que lo que necesitaba era un calmante para el estrés, y Sam parecía encajar para eso.

Él respondió ansiosamente a sus besos, y ella presionó su entrepierna contra él para poder sentir su erección creciente. Kate se frotó contra ella, gimiendo mientras lo besaba. Tomó su mano libre y sostuvo su cabeza contra la de él, luego la dejó vagar por debajo del agua. Quería sentirla; quería su mano entre sus piernas.

Kate leyó su mente y retrocedió ligeramente, dándole a su mano el espacio que necesitaba. Encontró el lugar que estaba buscando y acarició suavemente, haciéndolo con ritmo. Ella dejó de besarlo y apoyó la cabeza en su hombro. Cerró los ojos y se dejó vencer por el placer, y Sam sin duda le estaba dando mucho.

Continuó tocándola y luego deslizó su dedo dentro de ella. Gimió en voz alta, sus músculos apretaban alrededor de su dedo cuando entraba y salía, dentro y fuera. Luego lo sacó y comenzó a acariciarla de nuevo.

"¡Oh, va a suceder!". Sus caderas empezaron a moverse rítmicamente contra su mano, y cuando acabó, gritó.

Sam se empujó hacia su interior, y ella continuó balanceándose sobre él, arriba y abajo, adentro y afuera. Acabó con fuerza, todo su cuerpo se puso rígido. Puso su boca en la de ella para evitar que también gritara, y ella empujó su lengua contra la de él. Se abrazaron fuertemente mientras sentían sus orgasmos, hasta que finalmente dejaron escapar un gran suspiro de alivio.

Los dos se echaron a reír. Escucharon a los demás, pero lo único que oían eran sus voces, que estaban en el campamento. Kate y Sam se sonrieron.

"Creo que te quiero, Kate Beck", dijo Sam, su sonrisa se desvaneció y su cara se tornó seria.

Ella se puso seria también. "Lo mismo digo, Sam Daniels".

Se besaron una vez más, y como si uno leyera la mente del otro se separaron y se dirigieron a la orilla. Sam seguía sosteniendo el arma, lo que hizo reír a Kate. No podía creer que lo hubiera hecho.

"¿Tu brazo está dormido?", ella bromeó.

Él sonrió. "No lo sé. No lo siento".

Salieron del agua y se vistieron rápidamente, luego regresaron al campamento. Ambos tenían el pelo húmedo, el agua mojaba los cuellos de sus camisas, pero tampoco les importaba lo que pensaran. Era lo que era.

Miguel levantó la vista cuando se acercaron y le sonrió a Sam. "Estaba a punto de ir a buscarlo, señor Daniels, pero luego lo pensé mejor".

"No vengas a buscarme a menos que oigas gritos, y me refiero a la clase de gritos que hace el pájaro", respondió sarcásticamente Sam.

Los hombres se rieron entre dientes y Kate sacudió la cabeza e intentó ocultar sus mejillas sonrojadas.

Glaucio y Abilio cocinaban las latas de sopa que nunca comían en el almuerzo, y olía de maravilla. El estómago de Kate gruñó ferozmente; definitivamente era hora de comer. Recordó entonces la comida que habían pedido antes de salir de Manaos.

"Sam, todavía tenemos esa comida en nuestra bolsa del hotel", dijo.

"¡Uy!", Sam respondió. "Puedes tirarlo en el fuego".

Cogió su bolsa, que se encontraba fuera de la tienda en la que dormirían, y la pescó. En el fondo encontró la bolsa con las cosas envueltas, los llevó al fuego y los puso a dorar. Vio la sopa burbujeante y humeante y le dijo a Glaucio: "Huele tan bien".

El hombre sonrió y asintió con la cabeza. "¿Tienes hambre, cierto?"

"Mucha".

Miguel se unió a la conversación. "Todos lo estamos, pero es sorprendente que podamos comer después de lo que pasó antes". Se sentó cerca de los demás, y Sam se les unió. Abilio sirvió la sopa, incluyendo un tazón para Hastings. Estaba acurrucado en la tienda abierta de Miguel. El hombre miró al paleontólogo traumatizado, luego se volvió hacia Kate y Sam. "¿Ellos son los que querían... robarle a usted... el crédito de descubrir al pájaro?"

"Bueno", comenzó Sam, "querían el crédito por encontrar una criatura que nadie había visto antes". Querían fama y fortuna.

Miguel gruñó. "Bueno, el otro no pudo haber conseguido su fortuna, pero puede tener un poco de fama. Como una víctima".

El grupo calló cuando tomaron sus platos y empezaron a comer. Todos comían vorazmente, se notaba por la forma en que se concentraban tan intensamente en la comida que tenían en frente. Kate se levantó a mitad de camino y sacó unas botellas de agua para repartir, pero esa fue la única interrupción de la comida.

∞

Cuando terminaron de comer, Kate se encargó de lavar los platos y utensilios. Los sacó y colocó en el kit donde iban, luego regresó al fuego. En el camino notó que Hastings no había tocado su cena; se sentó a su lado, y notó que todavía estaba en posición fetal dentro de la tienda de Miguel.

Kate se arrodilló en la abertura. "Roy, ¿vas a comer?", le preguntó. "Tienes que mantener tu fuerza, ¿sabes?"

Tenía los ojos abiertos y la miró. "Nunca he visto nada como eso, Kate". Su voz era baja, y temblaba mientras hablaba.

Se sentó más cómoda en el suelo y entró más a la tienda para acariciar al hombre en la pierna. "Lo sé, Roy. También es la primera vez que veo algo así".

"¿Adónde se lo llevó, Kate?"

"Se encogió de hombros". Ella no había pensado en ello, y no quería hacerlo, pero ahora Hastings quería hablar. Estaba dispuesta a considerarlo. "Supongo que lo llevó a su... casa, o lo que sea", dijo.

"Me pregunto dónde vive", dijo con voz pensativa.

De repente, un grito atravesó la noche. Kate saltó a la tienda sin pensarlo dos veces, y Roy Hastings se colocó en la parte trasera de la misma. Miguel, Sam, y los dos guías se levantaron, sus armas y pistolas tranquilizantes aparecieron como por arte de magia; estaban completamente concentrados en su objetivo.

El grito volvió, de nuevo. Sonaba como si estuviera justo encima. Sam y los demás buscaban ciegamente el cielo nocturno. Entonces la luz del fuego iluminó la parte inferior de la criatura. Estaba volando en círculos sobre su campamento.

Dio otro grito, luego algo cayó del cielo. Golpeó el suelo a unos diez pies del fuego, haciendo volar el polvo y las hojas alrededor. Los hombres agitaron sus armas, y el pájaro gritó de nuevo antes de volar hacia la oscuridad. Siguió desatando sus gritos, y cada vez se alejaron más hasta que se detuvieron por completo.

Sam corrió hacia la pila que yacía en el suelo justo fuera de la luz del fuego. Había roto algo de alguna forma, y no tuvo que llegar directamente a él para darse cuenta de lo que era. Eran los huesos y la cabeza destrozada de Harold Kreiger. Sam gritó y saltó hacia atrás, su mano sobre su boca para silenciar el sonido de su propia voz.

"¿Qué pasa, señor Daniels?". Miguel se estaba acercando a Sam en ese momento. Se arrodilló y, al igual que Sam, se levantó y retrocedió como si hubiera sido mordido por una serpiente. Él también cubrió su boca, pero a diferencia de Sam, corrió por un arbusto y vomitó la sopa que acababa de comer.

Hastings estaba sentado, balanceándose de un lado a otro y tapándose las orejas con las manos. Kate se dirigió a la puerta de la tienda. "Sam. ¿Sam? ¿Qué rayos es eso?"

Sam volvió la espalda a la pila para ver a Glaucio y Abilio todavía agitando sus armas en el ahora cielo muerto. Se volvió hacia Kate y sacudió la cabeza. "Es lo que queda de Kreiger, Kate. Esa cosa nos trajo a nuestro muerto".

CAPÍTULO 21

Kate y Sam tardaron la mayor parte de la noche en consolar a Hastings hasta el punto de obtener la menor cantidad de sueño posible. Incluso Miguel y los guías parecían incapaces de descansar. Cada uno de ellos trató de recostarse varias veces, pero cada vez más volvían a levantarse y a unirse a los demás. Miguel finalmente le dio a Kate una pistola, y ella apuntó cerca de Hastings. Era la única forma de que estuviera más tranquilo.

Finalmente se quedó dormido alrededor de las tres de la mañana. Sam trató de animar a Kate a que también descansara, pero ignoró sus esfuerzos. Si los hombres no podían dormir, ¿cómo podían esperar que ella lo hiciera? Incluso Hastings era lo suficientemente inteligente como para aguantar el sueño. Este no era momento de siestas, y cada uno de ellos lo sabía.

Cuando el sol empezó a levantarse, los guías ya estaban acampando. Sam y Miguel usaron el sol naciente para ayudarse a ver mientras limpiaban los restos de Kreiger; luego cavaron un agujero y lo enterraron, marcando el lugar para referencia futura. Miguel dijo unas palabras en portugués sobre el muerto por buena causa.

"Sam", comenzó Miguel mientras organizaban el equipo. "¿Estás seguro de que quieres seguir?"

"Miguel, no quiero seguir; Tengo que seguir", respondió. "Hay tours en esta selva. No podemos permitir que esto suceda a personas inocentes. Debemos detener a esa cosa".

El hombre asintió con la cabeza y dijo: "Yo estoy con ustedes entonces. Conozco bien esta selva, y ahora siento que ha sido violada".

"Bueno", contestó Sam. "Estoy bastante seguro de que esta... cosa... se siente de la misma manera sobre nosotros".

Kate había despertado a Hastings para el viaje, y al principio el hombre se negó a unirse a ellos. Cuando ella le hizo ver que se quedaría allí solo cambió de opinión rápidamente. Incluso le hizo comer una barra de energía y beber un poco de agua, diciéndole que sin alimento no sería capaz de mantenerse al día con ellos. Era todo lo que necesitaba para convencerlo.

Salieron al este a las siete de la mañana, en el mismo orden, a excepción de Hastings, que pidió estar en medio de la fila. Era un desastre, y nadie argumentó. Todos sabían que iba a ser una carga mayor en uno de los extremos que en cualquier otro lado.

Alrededor de una hora de caminata Miguel habló al frente de la fila. "Creo que esa cosa tiene un nido cerca de aquí".

Eso llamó la atención de Kate. "¿Por qué dices eso, Miguel?"

"Por el lugar donde encontramos a Rico; estaba cerca de aquí, y esa cosa trajo al otro individuo de vuelta para acá. No volaría muy lejos, ¿no? ¿Qué cosa viviente lo hace? Sin embargo, se despojó de Rico rápidamente, y también de este hombre".

Abilio se unió a la conversación. "Tal vez una cueva, ¿qué opinas?"

"No", contestó Miguel. "Vuela alto, y es grande. Esta cosa está anidando en las copas de los árboles, lejos del peligro".

Kate pensó en esto, y luego dijo: "¿Cuáles son los árboles más altos por aquí?"

"Los Ceibos", dijo Miguel sin vacilar. "Muy alto, muy viejo y muy fuerte. Un ceibo alto lo mantendría fuera de vista. Tenemos que prestar atención a las cimas de los ceibos". Levantó la mano para detener al grupo, luego se acercó a un árbol que parecía muy alto. Dio una palmadita en el tronco y se volvió para mirar a Kate y Sam. "Ceibos"

Kate dejó su lugar en la fila y se acercó al árbol también. El tronco era masivo y de forma extraña. Ella lo sintió con ambas manos y miró a su cima. Se extendió por la parte superior, pero no pudo ver ningún nido, al menos, nada que fuera lo suficientemente grande para albergar a la criatura que estaban cazando.

"Estoy de acuerdo con Miguel", dijo simplemente. "Comparado con los otros árboles, este parece el más probable. Si se anida en un árbol, realmente".

Miguel asintió con la cabeza y se volvió hacia los demás. Sí. Mantendremos nuestros ojos en los ceibos.

Kate le pidió los binoculares. "Estoy en el medio. Yo vigilaré los árboles".

Miguel miró a Sam, quien a vez volteó su mirada hacia Kate. "Estoy de acuerdo, cariño. Creo que es la mejor manera".

Abilio sacó de su mochila un par de binoculares del bolsillo delantero. Se las dio a Kate con un movimiento de cabeza y se puso el bolso de nuevo. Ella los ajustó a su cara y a su visión, y tomó su lugar en la línea.

"Vamos", dijo.

Continuaron su caminata a un ritmo algo más lento. Durante las dos horas siguientes Kate mantuvo los ojos fijos en el cielo, levantando los pies para no tropezar. Tomó nota de que los pájaros más pequeños salían y llegaban a nidos más pequeños, lo que le ayudó a eliminar diferentes tipos de nidos de sus observaciones.

Le dolía el cuello y le dolían los ojos, pero ella continuó, manteniendo sus pensamientos sobre el objetivo.

A las diez y cuarenta, justo después de que Miguel anunciara que iba a buscar un lugar para almorzar, tomaron una curva en un sendero claro que los llevó en una dirección más hacia el oriente. Kate miró tres ceibos a la izquierda, luego se volvió a la derecha. Lo que vio la detuvo en seco y le cortó el aliento.

El primer ceibo en el que se concentró sostenía un nido enorme, un nido como nunca había visto en su vida. Desde donde se paraba parecía que era lo suficientemente grande como para que un par de humanos pudieran vivir cómodamente en él, y eso llamaba su atención, pero lo que realmente la atrapaba era el pájaro púrpura y azul que estaba aterrizando en él. Se alzaba en el borde del nido y fijaba sus ojos en ella y en los demás.

No gritó; no se precipitó. Estaba sentado pacientemente y los observaba. Esa maldita cosa todavía estaba llena, pero mantenía puesto su ojo en ellos, y Kate estaba segura de que había sido así todo el tiempo que habían estado aquí.

"Chicos", dijo Kate, su voz distraída. Miguel seguía caminando, pero Hastings, Sam y Abilio se habían detenido detrás de ella. "¡Chicos!"

Miguel giró sobre sus talones, al igual que Glaucio. "¿Qué pasa, Kate?", preguntó Miguel.

"Lo encontré".

Sam estuvo a su lado en un instante, y tomó los binoculares de ella con impaciencia. Los enfocó y apuntó, y al instante su boca se abrió. "Maldición, ahí está. Parece que nos está mirando".

"Oh, nos está mirando", respondió Kate con una sonrisa. "Apuesto a que lo ha hecho todo el tiempo que hemos estado aquí".

Miguel estaba al lado de Sam de inmediato. Tomó las gafas y miró también, y una amplia sonrisa apareció en su rostro. "Encontramos su hogar", dijo con asombro.

"Sí, y no creo que sea consciente de eso", dijo. "¿Cómo puede ser? Nos está cazando".

Miguel se quitó las gafas de la cara. "¿Cómo lo atraparemos, señorita Kate?"

Miró a Sam y a Miguel con una sonrisa. "Lo cazaremos".

CAPÍTULO 22

Durante las dos horas siguientes, Sam y Miguel buscaron un área que les proporcionó cobertura, al tiempo que les permitió mantener los ojos en la criatura y su nido. No establecieron ninguna tienda o campamento. Más bien, se aseguraban de que todos pudieran sentirse cómodos mientras permanecían bajo unas hojas anchas, ocultas tanto como fuera posible.

Hastings parecía desintegrarse. Se volvió poco cooperativo, e incluso combativo a veces. Kate trató de mantenerlo a su lado, y de vez en cuando se relajaba por períodos cortos de tiempo, pero siempre se volvía a lo mismo.

"Roy, vamos a salir victoriosos de esto", le dijo en un momento.

Él se había reído de ella, casi histéricamente. "Pero ¿cuántos de nosotros seremos asesinados antes de que eso suceda?". Kate no se había molestado en responderle.

Los otros cuatro hombres encontraron un enorme árbol, muerto y acostado en las cercanías. Estaba muy ahuecado y tenía una gran abertura en el costado. Fueron capaces de esconderse dentro y ver el nido fácilmente mientras Kate se mantenía escondida con Hastings. Tenía una pistola y se sentía completamente segura.

∞

El pájaro dejó el nido y rodeó el área tres veces en las siguientes dos horas. Kate les dijo a los hombres, cuando le informaron esto, que era una señal maravillosa estar fuera de la vista de la criatura. Estaba dando vueltas y tratando de captarlos de nuevo. Si los veía, dijo, si los estaba acechando, esperaba que se sentara en su nido y aguardaría un momento ideal para atacar. Atacaría solo uno a la vez, creía, por lo que dejó en claro lo importante que era quedarse con alguien y quedarse bajo cubierta.

"Yo... necesito usar el baño, Kate", dijo Hastings a eso de la una de la tarde. "He estado aguantando todo el tiempo que he podido".

Ella lo miró. "Me alejaré. Solo voltéate y dame la espalda".

Él sacudió la cabeza violentamente, con los ojos cerrados. "¡No! Quiero decir, tengo que usar el baño".

"Oh", respondió. Ella tenía alrededor de un cuarto de rollo de papel higiénico aplanado y metido en su bolsa de maquillaje. Lo sacó y se lo entregó. "Me voltearé, Roy. No miraré; lo prometo".

"No, Kate. No voy delante de ti".

Kate soltó un enorme suspiro y sacó la cabeza de debajo de la vegetación que los escondía. "Ve por detrás de donde estamos ahora, pero no más allá, Roy. ¡No más!"

Tomó el rollo y salió y rápidamente se agachó hacia la izquierda y hacia atrás. Estaba demasiado cerca. ¡No podía hacer esto con Kate tan cerca! Miró a la derecha, luego a la izquierda otra vez. Había un árbol grande al que podía ir detrás. Eso estaría bien.

Hastings dejó caer sus pantalones y se agachó, sus ojos cambiaban de derecha a izquierda y viceversa. Salió con facilidad, y pronto se estaba limpiando y saliendo de detrás del árbol para regresar a donde estaba Kate. Había salido del rango que ella le había dicho, pero era solo un poco más.

Acababa de llegar al follaje en el que se escondía Kate y se preparaba para girar a la izquierda cuando fue sacudido violentamente hacia arriba. Su mente estaba luchando con lo sucedido; por alguna razón pensó que su camisa se había quedado atascada en la rama de un árbol, pero de repente sus pies dejaron el suelo. Miró hacia abajo con asombro, y fue entonces cuando vio las garras que salían de la parte delantera de su pecho, dejando caer las gotas de sangre libremente.

Hastings gritó tan fuerte como pudo y levantó la vista. La criatura lo tenía, y lo miraba con lo que parecía ser una sonrisa. Subían cada vez más alto en el cielo. Lo último que oyó antes de desmayarse era la voz de Kate gritando su nombre una y otra vez.

∞

"¡No gritó!". Kate estaba diciendo mientras Sam la abrazaba contra su pecho. "Ni siquiera lo oí o lo vi venir".

Sam y Miguel lo habían visto. Vieron a la criatura salir de su nido y dirigirse directamente al lugar donde se habían metido Kate y Hastings. Habían arrojado sus binoculares a los guías y corrieron hacia el follaje para protegerlos, pero no habían sido lo suficientemente rápidos. El maldito monstruo había salido silenciosamente del cielo y había arrebatado a Hastings sin siquiera mirar.

Todos estaban en el árbol ahora, y Miguel tenía sus binoculares fijos en el nido. De vez en cuando veía la cabeza de la criatura o lo observaba saltando. Una vez creyó ver un zapato volar en el aire. "La criatura come una vez al día", dijo en un tono distraído.

"Sabe que queremos cazarlo", dijo Kate. "Sabe que lo hemos encontrado".

Sam la miró como si se hubiera vuelto loca. "Es un animal. ¿Cómo podría saber eso? No puede haberlo razonado. Piensa en lo que dices".

Kate se volvió hacia él, con ira en sus ojos. Su voz se mantuvo tranquila cuando ella le respondió, sin embargo. Por eso no gritó.

Sam arqueó la frente; ella tenía razón. Esa cosa había gritado las otras dos veces que atacó. Incluso había gritado cuando arrojó los restos de Kreiger en su campamento.

Pero no había gritado cuando arrebató a Hastings; ni siquiera un pío.

Miguel, cuyos ojos estaban pegados a los binoculares, dijo: "Bueno, pronto averiguaremos si nos deja caer los huesos de este hombre. Si lo hace, estaremos seguros de que lo que dice la señorita Kate es cierto".

Se volvió hacia él. "¿Qué ves ahora, Miguel?"

"Se quedó quieto. Hace poco más de veinte minutos". Dejó los binoculares y se frotó los ojos. "Estamos atrapados aquí hasta que averigüemos qué vamos a hacer".

Volvió a ponerse los binoculares en los ojos. Kate se apartó de él y se concentró en la situación. Los últimos dos ataques habían sido durante horas del día. De hecho, lo mismo ocurrió con el ataque inicial, aquel en el que

Rico fue asesinado. No había habido ataques por la noche.

Luego pensó en la criatura que arrojaba el cuerpo a su campamento en la noche. Sí, había sido de noche, pero había un incendio, y la criatura lo había rodeado varias veces.

"No creo que pueda ver lo suficientemente bien en la noche para atacar", dijo.

Sam se volvió hacia ella. "Pero trajo a Kreiger por la noche".

"Sí", respondió Kate, "pero teníamos un fuego, lo rodeó antes de dejarlo caer. Escucha, tiene ojos como un hombre, como un humano. Los humanos no pueden ver bien por la noche tampoco. Piensa en la información que tenemos; tiene sentido".

Sam pensó en sus palabras. "Puede que tengas razón, pero ¿qué implica esto para nosotros? ¿Crees que deberíamos cazarlo de noche?"

"No", respondió ella. "Estoy pensando en las pistolas tranquilizadoras; hemos estado mal preparados. Nos hemos alejado mucho de los SUVs. ¿Cuánto dura el efecto tranquilizante?"

"¿Para un animal de ese tamaño? Cuatro horas", dijo Miguel.

Kate sacudió la cabeza frustrada. "La jaula está en el auto, chicos, y estamos a más de cuatro horas de la jaula. No habrá tiempo suficiente para llevarlo al coche".

Abilio abrió los ojos. "Yo puedo dispararle a la criatura más de un dardo, ¡pueden ser dos o tres!"

"¡Pero eso podría matarlo!", dijo Kate, levantando la voz. Se volvió hacia Sam. "Dos de ustedes tendrán que ir por la noche, coger la jaula y traerla de vuelta aquí".

Los hombres guardaron silencio mientras caían en cuenta de lo que Kate decía. Finalmente, Sam habló. "Ella tiene razón... Tenemos que volver a por la jaula. ¿Qué hora es?"

Miguel miró su reloj. "Cerca de las cinco y media".

"Está bien, está bien", continuó Sam. "Glaucio y yo iremos, Tenemos pistolas y fusiles. Iremos por la noche, tan pronto como el sol se esconda. ¿Glaucio?"

El guía miro a los ojos a Sam solo un minuto antes de asentir con firmeza. "Yo voy".

"¿Sam?". Kate comprendió de pronto que él no quería enviar a los dos guías, y su plan le parecía inútil y estúpido.

"Kate, tienes que mantener a uno de los guías aquí. Quiero saber que estás a salvo".

Ella lo miró fijamente, con lágrimas en los ojos. Sabía que él tenía razón. Cerró los ojos y las lágrimas cayeron por sus mejillas, pero asintió con la cabeza. "Bien".

Durante las dos horas siguientes Sam y Glaucio revisaron sus armas y discutieron su plan. Glaucio le dijo a Sam que podía conducirlos mucho más rápido tomando una ruta diferente, una ruta directa, y señaló que si iban solo ellos dos llegarían en mucho menos tiempo. Para el momento en que el sol se escondió completamente, Sam y Glaucio estaban armados y listos para ir.

Sam se sentó junto a Kate dentro del árbol y la atrajo hacia él. Ella enterró la cabeza en su hombro y se aferró a él con fuerza. "Tienes que volver, Sam. Tienes que hacerlo".

Él se apartó y la tomó por el mentón, inclinando su cabeza hacia arriba a la luz de la linterna para poder ver su cara. "Será mejor que cuentes con eso, señorita. No te vas a deshacer de mí tan fácil". La besó mucho y luego, la abrazó como si fuera la última vez que lo haría.

"Vete", dijo, empujándolo. "Vete antes de que cambie de opinión acerca de toda esta locura".

Él le sonrió y le dio un último beso, entonces Glaucio y él partieron al Amazonas en la profundidad de la noche.

CAPÍTULO 23

Kate se volvió hacia Miguel en la oscuridad. Solo podía distinguir las sombras de él y Abilio, pero sus sombras eran suficientes para hacerla sentir segura. Era hora de hablar de la captura de la criatura.

"Glaucio insinuó como si estuvieran de regreso antes del sol", comenzó. "Miguel, ¿estás de acuerdo con él?"

Ella vio su cabeza balancearse escasamente hacia arriba y hacia abajo. "Los dos hombres, Glaucio y Abilio, que han estado con nosotros, son los mejores guías que hay, señorita Kate", dijo. "Si él dice que lo harán, lo harán".

Respiró profundo. "Bueno. ¿Hasta qué distancia pueden disparar las armas? darle desde aquí".

Miguel rió. "Si pudiéramos, ya lo habría intentado". Encendió la linterna y la apartó de la abertura del maletero. Luego miró a Kate. "Es más fácil hablar si puedo verte. Necesitaremos acercarnos, y tendremos que hacerlo con cuidado".

"¿Qué harás?"

La miró entonces, y sus ojos se pusieron muy serios. "Usaremos un cebo".

"¿Qué diablos quieres decir con 'cebo?' ". Las palabras no habían terminado de salir de su boca cuando algo golpeó el árbol. Lo empujó lo suficiente como para asustar a los tres y hacerlos saltar.

Kate miró a Miguel, con pánico en sus ojos. "¡Qué diablos!"

Miguel apagó la linterna. "Ese es tu amigo Hastings. La criatura arrojó el cadáver".

Kate cerró los ojos. "Lo sabe. Sabe que lo estamos cazando".

∞

Sam y Glaucio salieron por la noche. No tenían linternas, pero tenían palos de neón que emitían un brillo suave. Los mantuvieron en sus mangas para usarlos solo en emergencias, por ahora los guiaba la luz de la luna. Estaba claro, y su brillo era suficiente.

No hablaron; solo corrían, caminando solo cuando estaban en lo denso del bosque. Parecían estar solo un par de horas de camino cuando Glaucio lo detuvo. Señaló el norte de donde estaban. "Ahí fue donde acampamos por primera vez".

Sam pudo oír de repente la cascada, y una amplia sonrisa se extendió por su rostro. "Eres increíble".

"Lo sé", respondió Glaucio. "Vamos".

Volvieron a avanzar. Si los cálculos de Sam eran correctos iban a estar en los SUVs en poco tiempo. Efectivamente, no diez minutos más tarde pudo distinguir los vehículos. Sin hablar los dos hombres fueron al segundo vehículo, en el que Abilio y el Glaucio habían estado. Ahí era donde estaba la jaula.

Glaucio usó sus llaves para abrir por detrás. Cuando se encendió la luz interior, cerró la puerta rápidamente. "Debemos sacarla".

¿Por qué no llevamos el coche tan lejos como podamos y luego llevamos la jaula el resto del camino a pie?", Preguntó Sam.

Glaucio lo miró tímidamente. "Buena idea".

Los dos hombres entraron en el vehículo y se encerraron. Glaucio puso en marcha el motor y lentamente maniobró alrededor del todoterreno que estaba delante de ellos, luego aceleró. Los faros rebotaron de un lado a otro de los árboles y las plantas, pero iluminaban maravillosamente el sendero.

En menos de una hora Glaucio estacionó el vehículo y apagó las luces. "Estamos a solo quinientas yardas del árbol", dijo. "Pero tenemos que esperar. Sin duda ha visto las luces. Deja que nos vuelva a perder la pista en la oscuridad".

El guía subió por los asientos y se acomodó en el espacio de carga.

"¿Cuánto tiempo debemos esperar?", preguntó Sam.

Glaucio estaba entrecerrando los ojos en el cielo nocturno. "Esperaremos un cuarto de hora", respondió.

Cuando pasaron quince minutos los hombres salieron del vehículo, y Glaucio dio la vuelta y sacó la jaula de metal doblada por detrás. Era grande, pero el hecho de que estuviera doblada haría todo más fácil de lo que Sam esperaba. Se encontró con Sam en la parte delantera del coche, donde Sam tomó un extremo de la armadura de metal y Glaucio tomó la otra. "¿Listo?", le preguntó Glaucio.

"¡Vamos!", dijo Sam.

Así, los dos hombres comenzaron a andar torpemente en dirección al árbol.

∞

"Escucha", dijo Miguel. "Estoy oyendo algo".

Kate y Abilio miraron hacia el cielo mientras se pelaban los oídos para escuchar. Kate no podía oír nada, pero por la expresión de la cara de Abilio pudo notar que estaba atento a la situación. Ella se esforzó aún más, y finalmente oyó pasos pesados y algo metálico chirriante aproximarse.

Era Sam y Glaucio.

El sol había comenzado a levantarse, y Kate estaba a punto de entrar en pánico. Ahora sentía un gran alivio, como no había experimentado jamás. Miguel la miró. "Usted se queda aquí, señorita Kate". Golpeó a Abilio en el brazo, y los dos cogieron sus armas y la linterna y saltaron del árbol hueco.

Kate levantó la cabeza y salió del agujero justo a tiempo para ver a Miguel y Abilio acercarse a Sam y Glaucio. Sam y el guía se detuvieron, y estaban tratando de colocar la jaula en forma. Abilio los alcanzó y les dio una mano, pero parecía que les estaba costando.

Kate oyó una ráfaga de viento, y levantó la vista. Allí, descendiendo en el cielo, justo hacia los cuatro hombres, estaba la criatura. No hizo ningún sonido de advertencia, y no dio ningún grito. Justo como lo había hecho cuando tomó Hastings, se lanzó hacia los hombres en un ataque.

"¡No!". Kate gritó, y todos los hombres levantaron la vista. El monstruo clavó sus garras en Abilio, quien inmediatamente comenzó a patear y pelear. "¡Dispárale! ¡Dispara ahora!", Kate gritó.

Como si estuviera en piloto automático, Miguel levantó su pistola tranquilizadora, apuntó, y apretó el gatillo. El dardo voló y golpeó a la criatura justo debajo de su ala derecha, justo en su pecho. ¡Hizo un ruido fuerte! y el aleteo de sus alas frenó inmediatamente.

Abilio seguía pateando y había empezado a gritar. Siguió gritando mientras la criatura, ahora completamente sedada, cayó al suelo con fuerza.

Sam, Miguel y Glaucio, con pistolas y tranquilizantes aún en mano y apuntados, corrieron hacia el cuerpo inmóvil de la criatura. Abilio fue atravesado por las garras de la criatura, y la sangre brotaba de él. Glaucio se arrodilló junto a su amigo, que lo miró con los ojos anchos y moribundos.

"Me mata", dijo el hombre con voz ronca y gorgoteante. "Me mata..."

Sam puso su mano en el hombro de Miguel. "¿Qué está diciendo?"

En respuesta, Miguel levantó su pistola y puso su punta contra la cabeza de Abilio. Abilio miró al hombre y sus ojos se suavizaron antes de decir, una vez más: "Me mata…"

Miguel apretó el gatillo de la pistola, y la cabeza de Abilio explotó. Miguel cayó hacia atrás sobre su trasero y miró fijamente al hombre. "Quería que lo matara. Ahora tenemos que sacarlo de esa cosa y meterla en la jaula".

Sam y Glaucio, saltaron a la acción. Sacaron el cuerpo de Abilio de las filosas garras que le había clavado a profundidad, y luego se arrastró a la criatura que adormecida a la jaula. La cerraron, y Miguel tomó un candado de acero para reforzar la unidad.

"Si despierta, volvemos a disparar", dijo. "Voy a buscar a la señorita Kate. Ustedes dos pongan la jaula en la parte de atrás; pongan una lámina para separar. Glaucio, ya sabes cómo".

Sam y Glaucio fueron a cumplir las órdenes del hombre mientras buscaba a Kate Beck y su equipo.

"¿Lo mató, Miguel?", ella preguntó. "¿Abilio está muerto?"

Él la ayudó a salir del árbol y agarró los dos paquetes que había dentro. Tomó la tienda de uno de ellos y la miró mientras se volteaba para volver a donde estaba el cadáver. "Supongo que Abilio estaba destinado a ser el cebo", dijo, y arrastró la tienda de lona detrás de él para envolver el cuerpo del guía.

CAPÍTULO 24

"Durante los próximos seis meses centraremos nuestros estudios en el Archaeopteryx reptilius, o más comúnmente conocido como, 'Pluma de Sangre'. Al menos, así es como ha sido apodado por la prensa". La doctora Beck estaba de pie en el podio, dando su primera conferencia introductoria sobre la criatura que habían capturado apenas tres meses antes. "El Archaeopteryx reptilius fue descubierto por el fotógrafo Samuel Daniels durante una caminata por la selva amazónica. Como usted puede o no puede saber, la especie es terriblemente violenta. El único Archaeopteryx reptilius vivo reside aquí, en la universidad, y está resguardado bajo guardia cercana. Se llevó cuatro vidas, muy violentamente, podría añadir, antes de su captura".

Tenía la atención de los estudiantes, y lo usó para su ventaja. Pasó la siguiente media hora ocupándose los procedimientos requeridos cuando del ave se trata, e incluso les mostró fotos de dos de sus víctimas para que se diera a conocer la importancia de seguir estos procedimientos.

Se cree que el Archaeopteryx reptilius no es aviario, sino que es descendiente de los dinosaurios", continuó. "Hemos teorizado que su huevo fue de alguna manera preservado y luego nacido durante un terremoto amazónico".

Kate miró el reloj de la pared. "Mañana vamos a aventurarnos al laboratorio, para darlo a conocer por primera vez. Tenga en cuenta que este es el único espécimen conocido, por lo que queremos que tenga la oportunidad de estudiarlo, ya que no sabemos su duración exacta de vida. Asegúrese de hacer su lectura asignada antes de mañana, Ya que es necesaria una buena planificación. ¡Esto necesita un buen planning, gente!"

Con un gesto de su mano los despidió, y todos se pusieron de pie y recogieron sus cosas como reclusos que acababan de liberarse. Mientras salían del salón de clase, Kate cogió su bolso y lo colgó sobre su hombro, luego apagó las luces principales y salió de la habitación. Quería pasar algún tiempo con Jason repasando la agenda del día siguiente. Después de todo, esta sería la primera clase para estudiar la criatura oficialmente, y era fundamental que lo hicieran bien.

Caminó por el campus hasta su laboratorio. Desde que habían traído la criatura, muchas cosas habían cambiado para Kate en la universidad. Ahora tenía su propia clase y plan de estudios. Se encontraba dando más entrevistas a revistas y la televisión de las que ella habría imaginado alguna vez.

Finalmente, se casaría con Sam Daniels al final del año en Jamaica. Su vida no podía ser más perfecta ni siquiera si hubiese podido planearla a su antojo.

∞

Kate llegó a su laboratorio y saludó a Martha. "¿Qué tienen para mí hoy?", le preguntó a la recepcionista.

"Bueno", contestó Martha, "puedo decírtelo si deseas, pero no volverías al laboratorio antes de mañana. ¿Qué tal si te entrego la lista que hice?"

Kate se echó a reír. "Definitivamente sería preferible salir de aquí a una hora decente, estoy segura". Ella se inclinó sobre el escritorio de la mujer y tomó dos hojas de papel, echándoles un vistazo, continuó hacia su laboratorio. "Buenas noches, Martha. Son casi las cinco, después de todo".

Oyó al pájaro gritando y se dirigió hacia el pasillo sin detenerse en su oficina. Jason estaba sentado a unos veinticinco pies de su unidad de contención. Acababa de darle de comer: un lomo de carne. Estaba rasgando sus garras en la carne y lanzando unos chillidos sobrenaturales. Kate sacó el bolso de su hombro y lo dejó cerca de la puerta antes de ir hacia Jason. Tenía un par de protectores para los oídos y estaba escribiendo desenfrenadamente en su fiel portapapeles.

Kate agarró un lado de los protectores y lo levantó de la oreja. "¿Cómo está el bebé, Jason?"

Volteó los ojos y dejó el portapapeles antes de quitarse los auriculares. "Una patada en el trasero. No hace más que gritar todo el día, y estoy seguro de que está planeando mi desaparición, incluso mientras hablamos".

"Procedimientos, Jason", dijo Kate, mirando al joven con firmeza. "Procedimientos".

Se acercó a la barra de metal que había instalado poco después de la llegada de 'Spike'; estaba empeñada en mostrar lo cerca que uno podía llegar a su unidad de contención y aún estar a salvo. "Hola, Spike", dijo Kate con voz tranquilizadora. "¿Cómo va tu día?"

La criatura dejó de gritar de inmediato, con los ojos firmemente sujetos a los de Kate. Kate rápidamente apartó la mirada y se acercó al perchero donde colgaba su bata de laboratorio. Spike la siguió con los ojos, sin apartarlos nunca de ella. Entonces empezó a tararear su melodía.

Kate se puso su bata de laboratorio y se volvió hacia Jason, que tenía una expresión divertida en su rostro. "Sabes, Kate, he estado aquí con él todo el día, todos los días. Esta es la primera vez que no grita todo el día".

"Hmmm", ella respondió, pensando en lo que dijo. Se puso un equipo protector de los ojos que bloqueaba la capacidad de Spike de 'atraer', o al menos eso parecía. Ellos trabajaban ahí, y usarlos era necesario. Retrocedió hasta la barandilla y se apoyó contra ella, mirando a la bella criatura prehistórica.

Spike giro e inclinó la cabeza de un lado a otro, pero Kat no sintió ningún efecto. Estudió sus movimientos de cabeza y escuchó su canción por un momento antes de volver a Jason. "Te puedes ir", dijo ella. "Sam no estará en casa hasta tarde, así que voy a pasar algo de tiempo con el viejo Spike aquí".

"Con mucho gusto". Jason se puso en pie, entregó el portapapeles a Kate y se quitó la bata de laboratorio. "Te veré mañana. Voy a ver alguna película nueva. He querido hacerlo toda la semana. Creo que aprovecharé el tiempo libre". Le dio una palmadita en la espalda. "Nos vemos mañana", dijo, y salió del laboratorio.

Devolvió su atención a Spike, que no le había apartado su mirada. Ella le sonrió. "Seguro que puedes ser encantador cuando estás de ánimos". Volvió su atención al portapapeles para registrar su disposición. Después de todo, era inusual.

Kate empezó o caminar a lo largo de la barandilla mientras escribía. Estaba tan concentrada en lo que estaba haciendo que no se fijó en el pequeño charco de agua en el suelo. El zapato de suela suave se deslizó fácilmente y los pies de Kate se resbalaron.

No habría pasado nada si no se hubiera metido bajo la barandilla. Al estar del otro lado de la misma estabas en peligro, la unidad de contención de Spike no te protegía si te metías ahí abajo.

Eso fue justo lo que le pasó. Tan pronto como se dio cuenta de que estaba en la zona de peligro, Kate comenzó a agitarse, luchando por volver al otro lado. Casi no notó cuando Spike enterró las garras en su espalda y la llevó a la jaula.

EPÍLOGO

El cielo azul del Amazonas complementaba el follaje verde esmeralda que brotaba libre y felizmente. Hacía una brisa maravillosa, y el sonido de los animales, pájaros e insectos dio la sensación de estar en un paraíso terrenal. Ciertamente, no había lugar como éste.

Un guacamayo de alas verdes salió de un árbol de ceibo y alzó vuelo en el cielo. Era uno de los días más claros y pacíficos que había tenido el Amazonas, sin lluvia ni nubarrones. El pájaro disfrutaba el hecho de ser capaz de bailar bajo el sol. Se abalanzó de un lado a otro, chillando de alegría.

A medida que el guacamayo volaba, ganaba altura, yendo más alto, y más alto, y más alto todavía. Más adelante había un enorme ceibo, más alto que el resto. Se fijó en el árbol y se aceleró. A medida que se acercaba notó del nido en la parte superior. Sería un buen lugar para descansar.

La guacamaya aterrizó en el borde del nido, que era tan grande como la misma copa de los árboles. Miró con curiosidad el contenido del nido. Había todo tipo de cosas que el pájaro no reconocía, como huesos, zapatos y algunos esqueletos de animales.

En el otro lado había un montón de plumas. Eran púrpuras y azules brillantes, y estaban entre un montón de huesos.

A unos diez pies de las plumas había tres bolas coloridas, casi tridimensionales. Los colores parecían darle profundidad a las bolas. Era casi como si pudieras ver en su interior.

El guacamayo ladeó la cabeza con curiosidad y se dirigió hacia las bolas, aturdido por su belleza. Golpeó su pico en uno de ellos, luego lo rodó ligeramente con su pie. De repente, la bola saltó, y una grieta se formó a lo largo. El guacamayo estaba encantado. Se acercó para ver qué le estaba pasando a la hermosa bola.

Se abrió y un grito salió de sus tripas. Un pico largo y puntiagudo emergió, y dos manos óseas rasgaron el resto de la concha, permitiendo que la criatura que vivía dentro se liberara. Se estiró y gritó, asustando al guacamayo con el sonido.

Se movió solo un momento antes de que se fijara en el pájaro de colores delante de él, observando su lucha. Dejó de gruñir y miró al guacamayo. Pronto empezó a sonar una melodía sin rima ni ritmo. El guacamayo pensó que era lo más hermoso que jamás había oído. Se acercó más. Quería acercarse a la música, a los ojos, para poder verla y oírla mejor.

Solo pasó una fracción de segundo antes de que la criatura alcanzara con sus manos huesudas y agarrara la guacamaya, apuñalándola con sus garras y arrebatándole la vida. El pobre pájaro se contrajo violentamente al morir, una reacción que cesó por completo cuando la criatura enterró su pico puntiagudo en el pecho de la otra ave.

Durante los quince minutos siguientes, la pequeña criatura se regocijó con el pájaro, sus plumas, su sangre y sus huesos. Luego volvió su atención a los otros dos huevos, uno ellos empezaba a saltar un poco.

La criatura caminaba con pasos inestables hacia el huevo en movimiento. Dio un buen salto, y se formó una larga grieta. En ese momento el otro huevo empezó a girar un poco hacia adelante y hacia atrás, y un ligero toque empezó a venir desde el interior. La primera criatura observó con ojos de zafiro, como los ojos de un ser humano, cuando su hermano y hermana comenzaron su lucha por venir al mundo. Se ocupó con la limpieza de sus plumas y se ahuecaba mientras veía el espectáculo. En poco tiempo el segundo huevo se rompió en dos, y la segunda criatura saludó al mundo. Empezó a gritar de hambre, su cabeza se movía hacia adelante y hacia atrás mientras trataba de oler cualquier trasto de alimento cercano.

El tercer huevo tardó un poco más. La criatura en su interior parecía más débil que los dos primeros. El mayor, un macho, se paró y observó cómo la recién nacida se acercaba cada vez más al huevo. Podía oler la debilidad del pequeño dentro. No era fuerte. Estaba teniendo muchas dificultades para liberarse. En tres ocasiones la cosa dentro tuvo que parar y recargar. Simplemente no lo tenía en él para hacerlo todo a la vez, como lo habían hecho sus hermanos.

La hembra estaba perdiendo la paciencia. Llegó directamente al huevo y comenzó a empujarlo con su puntiagudo pico. Giraría un poco, entonces la criatura dentro comenzaría a luchar, y rodaría hacia atrás. Se las arregló para crear una pequeña grieta en la cáscara, pero en su debilidad no podía liberarse por completo.

Finalmente, la criatura hembra, hambrienta e impaciente, había tenido suficiente de ver cómo fracasaba su hermano. Se echó hacia atrás y picoteó con fuerza la concha. La cáscara cedió. Se partió por completo y se cayó, exponiendo las plumas húmedas de la criatura masculina dentro.

Ahora la hembra empezó a temblar, su cabeza balanceándose de un lado a otro. Ella miraba fijamente como el hermano débil, a quien no se le había dado la oportunidad de luchar, débilmente revoloteó y se estremeció. Miró a su hermana con ojos miserables. Parecía que le dolía todo. Al negarle el tan necesario ejercicio de romper la cáscara, lo había condenado a la muerte, y lo sabía. Casi parecía sonreír mientras observaba la lucha, al igual que lo hacía el macho detrás de ella. Finalmente, se cansó y pronunció un largo grito antes de abrir el pico y arrancar la garganta de su hermano. Por fin, su primera comida. Bienvenido al mundo…

PETICIÓN

Mi creatividad se nutre de lectores como usted. Si ha disfrutado de esta novela, le ruego que escriba una reseña, y comparta su experiencia. Háblele a un amigo o a un ser querido de este libro. A cambio, le ofrezco un gran agradecimiento desde el fondo de mi corazón.

Humildemente y con gratitud,

RWK Clark

ADICIONALMENTE

Obras de RWK Clark

En español

Pluma de Sangre El Despertar
ISBN-10: 1948312999 ISBN-13: 978-1948312998

Guardián Del Hermano
ISBN-10: 1948312913 ISBN-13: 978-1948312912

Muerte en el Agua
ISBN 10: 1948312506 ISBN 13: 978-1948312509

El Carnicero de la Taquilla
ISBN-10: 1948312514 ISBN-13: 978-1948312516

Invadidos Estados Cautivos
ISBN-10: 1948312069 ISBN-13: 978-1948312066

En inglés

Passing Through
ISBN-10: 1948312018 ISBN-13: 978-1948312011

Requiem for the Caged
ISBN-10: 1948312026 ISBN-13: 978-1948312028

Zombie Diaries Homecoming Junior Year
ISBN-10: 0997876778 ISBN-13: 978-0997876772

Zombie Diaries Winter Formal Junior Year
ISBN-10: 0997876786 ISBN-13: 978-0997876789

Zombie Diaries Prom Junior Year
ISBN-10: 0997876794 ISBN-13: 978-0997876796

Out to Sea: Festival of Hues
ISBN-10: 099787676X ISBN-13: 978-0997876765

Box Office Butcher: Smash Hit
ISBN-10: 0997876751 ISBN-13: 978-0997876758

Stolen Blood: Dawn of a New Era
ISBN-10: 0997876743 ISBN-13: 978-0997876741

Permanent Ink: Deadwalkers
ISBN-10: 0997876735 ISBN-13: 978-0997876734

Passage of Time: Search for the Fountain of Youth
ISBN-10: 0997876727 ISBN-13: 978-0997876727

Shattered Dreams The Man in Blue
ISBN-10: 0997876719 ISBN-13: 978-0997876710

Dead on the Water Abandon Ship (Zombie Cruise)
ISBN-10: 0997876700 ISBN-13: 978-0997876703

Brother's Keeper A Novel of Murder and Deception
ISBN-10: 0692744746 ISBN-13: 978-0692744741

Blood Feather Awakens The Timebound Rebirth
ISBN-10: 0692734082 ISBN-13: 978-0692734087

Lucifer's Angel The Church of Satan
ISBN-10: 0692733280 ISBN-13: 978-0692733288

In The Depths (DeSai Trilogy Book 1)
ISBN-10: 0692721932 ISBN-13: 978-0692721933

Witches Immortal (DeSai Trilogy Book 2)
ISBN-10: 0692722165 ISBN-13: 978-0692722169

Lucien's Reign (DeSai Trilogy Book 3)
ISBN-10: 069272219X ISBN-13: 978-0692722190

Living Legacy Among the Dead
ISBN-10: 0692517243 ISBN-13: 978-0692517246

Overtaken Captive States
ISBN-10: 0692489312 ISBN-13: 978-0692489314

ACERCA DEL AUTOR

Soy padre de dos hermosos niños, Jon y Kim. Son mi fuerza motivadora, mi faro en este vasto océano. Son el aire que respiro en esta vida; ellos son el oasis en este desierto de incertidumbre. Son mi mayor alegría en la vida, y mi prioridad número uno. Tengo una larga lista de aficiones, que atribujo a mis ganas de vivir. Me gusta rodearme de personas positivas que comparten los mismos intereses. Los valores de la familia, las artes, el aire libre, la naturaleza, y los viajes son prioridades en mi lista. Me gusta asistir a eventos culturales y artísticos porque creo que la autoexpresión dramática es la ventana al alma. Llevo mi corazón en la manga, todavía creo en la caballerosidad, y siempre trato a la gente como desearía que me tratasen a mí.

www.rwkclark.com